금오신화

책임편집 정병헌

서울대학교 국어교육과를 졸업하고, 같은 학교 대학원에서 석사학위와 박사학위를 받았다. 현재 숙명여자대학교 한국어문학부 교수이다. 저서로 『신재효 판소리 사설의 연구』, 『한국고전문학의 비평적 이해』, 『고전과 함께 떠나는 문학여행』 등이 있다.

한국 문학을 읽는다 12

금오신화

인쇄 2014년 2월 10일
발행 2014년 2월 15일

지은이 · 김시습
펴낸이 · 김화정
펴낸곳 · 푸른생각
책임편집 · 정병헌 | 교정 · 김소영

등록   제310-2004-00019호
주소   서울시 중구 충무로 29(초동) 아시아미디어타워 502호
대표전화   02) 2268-8706(7) | 팩시밀리   02) 2268-8708
이메일   prun21c@hanmail.net
홈페이지   www.prun21c.com

ⓒ 푸른생각, 2014

ISBN 978-89-91918-34-4 04810
ISBN 978-89-91918-21-4 04810(세트)
값 11,000원

12

한국 문학을 읽는다

금오신화

김시습

책임편집 **정병헌**

인간은 작고, 연약하며 부서지기 쉽지만, 완성의 여지가 있다.

— 데니 아미엘(프랑스의 극작가, 1884~1977)

고전소설에 담긴 삶의 진실한 모습

김시습(金時習, 1435~1493)은 우리나라 최초의 소설집인 『금오신화』를 지었는데, 이 속에 다섯 편의 주옥같은 작품이 들어 있다. 그는 어려서부터 영민한 자질을 가지고 있어, 온 나라에 신동으로 소문이 날 정도였다. 그의 뛰어난 자질을 생각하고 앞으로 선비의 길을 가라는 뜻에서, 『논어』의 첫머리에 나오는 "배우고 때로 익히면 또한 즐겁지 아니한가(學而時習之 不亦說乎)"에서 '시습(時習)'을 따와 이름을 지어주었다고 한다. 그는 다섯 살 되던 해 세종의 명으로 궁중에 불려가 그 영민함을 시험받아 확인받기도 하였다. 세종은 장래 그를 크게 등용할 것을 약속하고, 비단 50필을 하사하였다고 한다.

그런 약속을 믿고 열심히 자신을 연마하고 있을 때, 수양대군이 어린 단종을 내쫓고 왕의 자리에 오른 사건이 일어났다. 서울의 북한산 중흥사에서 이 소식을 전해들은 그는 대성통곡하며 읽고 있던 책을 모조리 불사른 뒤 속세를 등지고자 하였다. 그는 입신출세의 길을 단념하고, 산수를 유람하며 구속되지 않는 자유로운 삶을 선택하였던 것이다. 이런 이유에서 김시습은 단종에 대한 절의를 지키고자 벼슬길에 나아가지 않은 생육신의 한 사람으로 이름을 올리게 되었다. 24세 되는 해부터 관서, 관동, 호서, 호남 등 전국을 유람하다, 경주 남산에 금오산실을 짓고 수 년 동안 정착생활을 하였다. 아마도 이 시기에 『금오신화』를 지은 것으로 추측된다.

그는 여러 번 국가의 일에 참여하라는 제의를 받았지만, 이는 대부분 불교와 관련된 일이어서 곧바로 은거하는 일이 반복되었다. 벼슬길에 올라 자신의 포부를 실현하고자 하였지만, 그에게 국가의 정사에 참여할 수 있는 기회는 사실상 봉쇄되었던 것이다. 이러한 울분과 좌절이 그의 일생에 그림자처럼 드리워 있다고 할 수 있다.

금오산 용장사의 염불소리와 자연의 아름다운 풍광 속에서 유유자적한 삶을 보내던 그는 37세 되던 해 다시 서울로 올라와 생활의 변화를 꾀하고자 하였다. 세조와 그의 뒤를 이은 예종도 죽고 성종이 즉위하여 국가의 분위기도 많이 변하였기 때문이다. 그러나 그와 친분이 두터웠던 서거정이나 정창손, 김수온, 노사신 등은 이미 조정의 중신이 되어 있었고, 그가 발붙일 자리는 어디에도 없었다.

그래서 가끔 서울 시내를 오가면서 광인 행세를 하곤 하였다. 또 농사를 짓기도 하였지만, 벼의 이삭이 나오면 술이 취해 낫으로 모조리 베어버린 뒤 통곡하기도 했다. 나무를 깎아 시를 쓰고 읊조리다가 이내 곡을 하고 버리거나, 종이에 시를 써서 물이나 불에 던져 없애기도 했다. 김시습의 이러한 광인 행세는 세상과 자기의 뜻이 어긋난 데 대한 저항에서 나온 것으로 보인다.

47세가 되던 해에 김시습은 그렇게만 살 수는 없다 하여 지난날을 깊이 뉘우치고, 주위 사람의 권유로 재혼하여 정상적인 삶을 누리고자 하였다. 그러나 얼마 되지 않아 부인이 죽고 세상도 시끄러워지자 다시 방랑의 길로 나선다. 환속에 실패한 만년의 불행과 실의는 젊었을 때의 유랑과는 사뭇 달랐다. 전국 곳곳에 자신의 발자취를 남긴 김시습이 삶을 마감하기 위해 찾아간 곳은 부여의 무량사였다. 그리고 병으로 신음하던 그는 59세의 나이로 한 많은 생애를 마쳤다.

율곡 이이가 지은 「김시습전」에 따르면 그는 자신의 시신을 화장하지 말고 절 옆에 안치해 두라고 하였다 한다. 그의 유언에 따라 3년이 지난 뒤 관을 열어보니, 안색이 생시와 같아서 사람들이 모두 부처라고 경탄했다 한다. 지금도 무량사에는 그의 시신을 화장한 뒤 나온 사리를 모아 만든 부도가 세워져 있다. 이율곡은 그를 일러 절의를 드러내고 윤기를 세운 것이 해와 달의 빛과 다르지 않다며 '백세의 스승'이 될 만하다 하였다.

김시습은 『금오신화』의 작자로 알려졌지만, 뛰어난 시인이면서 유불선(儒佛仙)에 대한 입장과 생각을 나타내는 글을 많이 남겨, 조선 초기의 문학과 사상사적 측면에서 매우 중요한 위치를 차지하고 있다. 그의 문집으로는 『매월당집』이 있는데, 여기에는 그의 주옥같은 한시가 많이 수록되어 있다. 알려진 바와 같이 그는 수많은 시를 썼지만 대부분 사라지고, 현재 남아 있는 것은 문집에 남아 있는 2,200여 수에 불과하다. 그에게 있어 시는 자신이 살아온 삶의 자취이자 정신적 가치를 실현하는 도구였다. 따라서 시에는 그의 정서나 감정뿐만 아니라 생활에 관한 모든 것이 드러나 있다. 이런 점에서 김시습만큼 모든 것을 시로 나타낸 시인은 거의 찾아보기 힘들 정도이다.

한문 단편소설집 『금오신화』는 김시습이 30대 초반 경주의 금오산에 머물면서 지은 것으로 추정된다. 따라서 그가 자신의 생애 가운데 가장 활달한 시기에 이르러, 인생을 해석하고 우주의 신비를 추구했던 지적 노력의 결과물이라고 할 수 있다. 김시습은 이 작품을 지은 뒤 곧바로 세상에 발표하지 않고 석실에 감춰두고는, 후세에 반드시 자신을 아는 사람이 있으리라 하였다. 이 작품에는 그의 진취적인 사고와 세상에 대한 낭만적 이상이 응축되어 있었기 때문에, 당시의 사람들로부터 배척을 받을 염려도 있었던 것이다. 『금오신화』는 임진왜란 때 왜군이 약탈해 가서, 일본에서 두 차례나 판각되었는데, 육당 최남선이 일본에서 두 번째로 간행된 판본을 가져와 소개함으로써 국내에 널리 알려졌다.

『금오신화』는 「만복사저포기」, 「이생규장전」, 「취유부벽정기」, 「남염부주지」, 「용궁부연록」의 다섯 편으로 이루어져 있다. 이 작품들은 죽음과 꿈이 현실과 맺고 있는 관계를 다루고 있어 몽환적이고 신비로운 분위기를 담고 있다. 「만복사저포기」는 남원에 사는 양생이 처녀의 혼령과 인연을 맺고 헤어진 뒤, 그 인연을 소중하게 여겨 홀로 살다 죽은 이야기를 그렸다. 「이생규장전」에서 송도의 서생인 이생은 최낭자와 사랑을 하다 결혼을 하였고, 전란 중에 죽은 아내의 혼령과 만나 인연을 이은 뒤 헤어지자 병이 들어 죽음을 맞는다. 「취유부벽정기」에서 홍생은 부벽정에서 취해 놀다가 옛날 공주의 혼령과 만나 사랑을 하고 헤어진 뒤, 여인을 그리워하다 병이 들어 죽는다. 「남염부주지」는 귀신, 무당, 부처를 믿지 않는 경주의 유생 박생이 꿈속에서 염라왕을 만나 이야기를 나눈 후 깨어나서 자신의 삶을 정리하고 세상을 떠났다는 내용으로 이루어져 있다. 또한 「취유부벽정기」는 개성에 사는 한생이 용왕의 초대를 받아 용궁에 다녀온 뒤, 속세를 떠나 종적을 감추었다는 이야기이다.

『금오신화』의 작품에 나타나는 공통적인 특징으로 우선 들 수 있는 것은 작품의 배경이 모두 과거의 영화를 지녔던 추억의 도시로 이루어졌다는 점이다. 「만복사저포기」의 배경은 남원이며, 「이생규장전」과 「용궁부연록」은 개성을 배경으로 하고 있다. 그리고 「취유부벽정기」의 배경은 평양(平壤)이며, 「남염부주지」의 배경은 경주(慶州)이다. 이 지역들은 한 시대의 도읍이나 중심지로서의 역할을 담당하다 그 시대적 사명을 다른 도시에게 넘겨주고 과거의 도시, 추억의 도시로 남아 있는 곳들이다. 이러한 공간적 배경은 쓸쓸함과 외로움의 감정을 갖게 한다. 따라서 활기찬 집단적 삶이나 진취적인 역동성보다는 개인적인 외로움과 쓸쓸한 결말을 통하여 삶의 본질을 생각하게 한다.

다음으로 이 작품들은 외로운 사람들의 외로운 만남을 통하여 진정한 삶이 무엇인가를 묻고 있다는 점을 그 특징으로 들 수 있다. 많은 사람들과 부딪치며 분주하게 사는 삶이 실제로는 허위로 가득 찬 것이라면, 그들은 단출한 만남을 통하여 진실한 삶을 보여주고 있다. 한번 만난 인연을 소중하게 생각하고, 그 만남과 신의를 영원한 것으로 간주하고 있는 것이다. 그래서 그들의 만남은 단순히 스쳐 지나가는 것이 아니라, 삶을 송두리째 변화시키는 충격적인 사건으로 인식된다. 사랑을 위하여 삶과 죽음의 세계를 뛰어넘고 서슴없이 사람들이 사는 세계를 버릴 수 있었던 것은 그런 강렬한 만남이 있었기 때문에 가능했던 것이다.

또한 이 작품들은 서사적인 전개 속에 한시가 삽입되어 있다는 점을 표현상의 특징으로 지적할 수 있다. 이런 방식은 당시 서사문학의 한 흐름이기도 하였는데, 이 한시를 통하여 등장인물의 심리나 정서가 효과적으로 제시되고 있다. 마치 판소리가 사건이 진행되는 아니리와 장면

이나 심리를 효과적으로 드러내는 창으로 이루어지는 것처럼, 『금오신화』의 작품에서 한 개인의 세계에 대하여 갖는 깊이 있는 정서는 한시를 통하여 잘 표현되고 있는 것이다.

우리의 일상은 수없이 많은 만남으로 이루어진다. 사람과 만나고, 자연과 만나고, 시간과 만나고, 그리고 마지막으로 죽음과 만난다. 만남으로 연속되는 긴 행렬이 우리의 일상이지만, 그러나 모든 만남이 의미를 갖는 것은 아니다. 어떤 만남은 인생을 바꿀 만한 엄청난 무게로 우리 앞에 서지만, 또 다른 어떤 만남은 우리에게 조금의 의미도 주지 않은 채 스쳐 지나가기도 한다. 외로운 삶을 보내면서 진실한 삶을 갈망했던 매월당 김시습은 현실에서 이루어지는 거짓된 만남을 배격하고 진실한 만남의 모습은 어떠한 것인가를 작품 속에서 드러내고자 하였다. 그런 점에서 『금오신화』에서 나타나는 만남은 일상의 생활에서 접하기 어려운 충격적인 사건이고, 작가의 상상력을 통하여 이루어진 꿈이라고 할 수 있다.

그러나 작품에 드러난 충격적 만남이 반드시 현실과 동떨어진 것만은 아니다. 그것이 어려운 시대를 고민하며 살아갔던 중세의 한 지식인이 만들어낸 허구적 세계인 것만은 분명하다. 그것은 현실에서 제기되는 문제를 소설적으로 해결하기 위하여 설정한 것이기 때문이다. 그러나 그 소설적 해결은 필연적으로 현실과 맞닿아 있기 때문에, 실현 가능한 상황이 제시되는 것이다. 도대체가 현실에서 이루어진 것만이 현실적이라고 말하는 것은 사실의 한 측면만을 본 결과일 수 있다. 우리가 보는 현실이란 사실은 엄청나게 큰 현실의 극히 작은 한 부분인 것이고, 그 많은 부분은 김시습의 꿈에, 그리고 우리의 꿈에 존재할 것이기 때문이다. 시대와 공간의 단절을 뛰어넘어 김시습의 꿈에 우리가 쉽사리 동조

10
• • •
김시습

할 수 있었던 것은 바로 그와 우리 사이에 존재하는 이러한 동질적 기반 때문이었다.

　푸른생각에서 기획하여 발행하는 '한국 문학을 읽는다' 시리즈는 작품의 원문을 충실하게 실었다. 어려운 단어에는 낱말풀이를 세심하게 달아 작품의 이해를 돕고 본문의 중간 중간에 소제목을 붙여 이야기의 흐름을 놓치지 않도록 하였다. 또한 각 작품에 들어가기 전에 등장인물을 소개하고, 수록한 작품 뒤에는 줄거리를 정리한 「이야기 따라잡기」를 마련해 놓았다. 그리고 「쉽게 읽고 이해하기」를 마련해 작품의 세계를 좀 더 깊게 이해할 수 있도록 했다.

　김시습의 『금오신화』에 수록된 작품들은 중세의 외로운 지식인이 생각했던 진실한 삶의 모습을 담고 있다는 점에서 이 시대의 우리도 공감하고 배울 수 있는 소중한 교훈이 담겨 있다. 스쳐 지나가는 만남이 아니라 자신의 일생을 바꿀 수 있는 충격적이고 진실한 만남은 항상 성찰하고 실천해야 할 가치를 지니고 있다는 점에서 누구나 갈망하는 지향이 아닐 수 없다. 『금오신화』의 독서와 감상을 통해 인간답게 살아가는 길이란 무엇인가, 진실한 만남과 신의란 무엇인가에 대한 성찰이 이루어지기를 바란다.

책임편집 정병헌

우주의 모든 이치는 한 치의 오차도 없이
오직 한 사람 당신에게로 향해 있다.

— 월트 휘트먼(미국의 작가, 1819~1892)

한국 문학을 읽는다 금오신화

선택의 여지가 없을 때는 용감하게 맞서라.

― 유대인 격언

「만복사저포기」는

양생과 아가씨의 세 번의 만남과 이별을 통해

삶과 죽음의 벽을 넘어선

사랑과 비극적 운명을 그린 소설이다.

만복사저포기

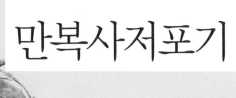

비록 삶과 죽음이 다르다고 해도, 이내 심정만은 알아주오.

등장인물

양생 일찍이 부모를 잃고 혼자 외롭게 살아가는 노총각이다. 어느 날 밤 외로움을 이기지 못하고 만복사의 부처님 앞에서 배필을 점지해 달라고 부처님과 저포로 내기를 한다. 그때 절에 와서 또한 자신의 배필을 점지해 달라고 비는 묘령의 여인을 만나 사랑하게 된다. 그러나 여인이 3년 전에 남원을 쳐들어온 왜구들에게 저항하다 죽은 처녀라는 것을 알게 되고 양생은 처녀의 명복을 비는 재(齋)를 올려준다. 그리고 다시는 결혼을 하지 않고 지리산으로 들어가 약초를 캐면서 살았는데, 사랑에 대해 뜨거운 정열을 가지고 진정한 사랑을 하려는 인물이다.

아가씨 원래는 남원의 귀족집 규수였으나 왜구들에게 정절을 빼앗기지 않으려다 죽음을 당한다. 무덤도 없이 가매장의 상태에 있어 억울한 원귀의 상태에 있었으나, 만복사에서 양생을 만남으로써 배필을 만나고자 하던 소원을 풀게 된다. 양생과 이별한 뒤 그가 올려준 재 덕분에 다음 세상에서 남자로 다시 태어난다.

만복사저포기

양생이 부처와 저포 내기를 하다

전라도 남원(南原)에 양씨 성을 가진 젊은이가 있었다. 양생(梁生)은 일찍 부모를 여의고 장가도 들지 못한 채 만복사(萬福寺, 남원 기린산에 있었던 절) 동쪽에 있는 방에서 홀로 지냈다. 절방 밖에는 배나무 한 그루가 서 있었다.

봄이 되자, 배나무 꽃은 활짝 피어 마치 가지마다 구슬이 달린 것 같았으며 송이송이가 은덩이 같았다.

양생은 달밤이면 배나무 아래를 거닐며 쓸쓸한 심정을 견디지 못하고 낭랑한 목소리로 시를 읊곤 하였다.

> 한 그루 배꽃나무 외로움을 벗삼으니,
> 이 달 밝은 밤을 허송하다니 가련하구나.
> 젊은 이 몸 외롭게 창가에 누웠는데
> 어디선가 아름다운 피리소리 들려오네.

외로운 물총새는 짝을 잃고 날아가고
원앙새도 저 혼자 맑은 물 위에서 노니는구나.
누군가 온다면 바둑이나 두겠지만
한밤중 등불 꽃으로 점을 치며 창 아래에서 시름하네.

시를 다 읊고 났을 때 문득 공중에서 소리가 들려왔다.

"그대가 좋은 배필을 얻고 싶다면 소원이 이루어지지 않을까 걱정할 게 없지!"

양생은 그 소리를 듣고 속으로 무척 기뻐하였다.

다음 날은 바로 삼월 이십사 일이었다. 이 고을에서는 이 날 마을 사람들이 만복사에 모여 연등놀이(고려 초부터 있던 국가적인 불교 행사. 온 나라가 집집마다 등을 달아 부처를 공양하고 나라의 태평을 빌었음. 처음에는 음력 정월 보름에 하다가 후에 음력 이월 보름으로 바뀌었고, 나중에는 사월 초파일로 바뀌었음)를 하며 복을 비는 풍습이 있었다. 이 날도 많은 남녀들이 떼를 지어 만복사로 찾아와 모두 제각기 자기 소원을 빌었다.

날이 저물자 범패 소리(부처의 공덕을 찬양하는 노랫소리)도 끝이 났다. 사람의 자취가 드물어지자 양생은 소매 안에 저포(樗蒲, 나무로 만든 주사위 같은 것을 던져서 그 끗수로 승부를 겨루는 놀이. 윷놀이와 비슷함)를 넣고 법당 안으로 들어갔다. 그리고 저포를 부처 앞에 내놓고 중얼거렸다.

"부처님, 부처님과 저포로 내기를 하겠습니다. 만약 제가 지면 부처님께 불공을 드리겠어요. 부처님이 지신다면 아름다운 아가씨를 만나고 싶은 제 소원을 이루게 해 주십시오."

하고 빈 다음에 양생은 저포를 던졌다. 양생이 이겼다. 양생은 곧바로 부처님 앞에 무릎꿇고 앉아 말하였다.

"이미 약속된 일이오니 약속을 지켜 주십시오."

양생은 불상을 모셔 놓은 자리 아래에 숨어서 부처님과 약속한 아가씨가 나타나기를 기다렸다.

부처님과 약속한 아가씨를 만나다

얼마 뒤에 아름다운 한 아가씨가 나타났다. 나이는 열대여섯 살로 보였고 검은머리를 단정하게 꾸민 것이 마치 선녀처럼 아름다웠고 행동하는 것도 매우 단정하였다.

아가씨는 기름병을 가져다가 부처 앞에 불을 켜고 향을 피웠다. 그리고 불상을 향해 세 번 절하였다. 그리고는 무릎을 꿇고 앉았다.

"사람이 태어나 아무리 운명이 기구해도 어찌 이럴 수가 있단 말인가요?"

그리고는 품속에서 축원문(祝願文, 잘 되게 해 달라고 바라며 비는 글)을 꺼내어 탁자 앞에 바쳤다.

> 아무 고을 아무 마을에 사는 아무개는 알립니다.
> 지난번에 국경을 잘 지키지 못하여 왜적이 침입했습니다. 칼날이 사방에서 번쩍거렸고 나라의 위급함을 알리는 봉화가 곳곳에 올랐습니다. 왜적들은 마을 집을 불사르고 백성들의 재산을 약탈하니 사람들은 동쪽과 서쪽으로 헤어지고 남쪽과 북쪽으로 피난하여 가족과 친척, 하인들이 모두 난리 속에 흩어지게 되었습니다.

저는 연약한 몸이라 먼 곳으로 떠날 수 없는 형편이었습니다. 깊이 골방 안에 들어앉아 끝까지 정절을 굳게 하고, 제 몸을 깨끗하게 지켜 난리의 화를 피했습니다.

저의 부모님께서는 딸이 지킨 정절을 기특하게 생각하시어 한적한 곳으로 저를 피신하게 하여 이렇게 외떨어진 들판에서 임시로 살게 해 주셨습니다. 그것이 벌써 삼 년이 되었습니다.

그리하여 달 밝은 밤에도, 꽃 피는 봄에도 마음이 아픈 까닭에 제대로 감상을 못하고 세월을 헛되이 보냈습니다. 하늘에 떠다니는 구름처럼, 흘러가는 강물처럼 부질없이 세월만 보냈답니다. 고요하고 쓸쓸한 산골에서 짧은 인생을 한탄하며 긴긴 밤을 혼자 지내면서 아름다운 난새(중국 전설에 나오는 상상의 새. 모양은 닭과 비슷하며, 울음소리는 국악의 다섯 음계에 해당한다고 함)가 짝을 잃고 외롭게 춤을 추는 것처럼 제 신세를 슬퍼했습니다.

날이 가고 달이 가니 맑은 정신은 사라지고 여름낮과 겨울밤에 가슴이 미어질 뿐이었습니다. 부디 부처님께서는 저의 애처로운 사연을 보살펴 주십시오. 간절히 바라오니 전생에 맺은 연분이 있다면 얼른 좋은 분을 만나 즐길 수 있게 해 주십시오.

아가씨가 이 글을 읽다가 내던지고는 그만 목이 멘 소리로 흐느껴 울기 시작하였다.

이때 양생은 틈새로 아가씨의 자태를 엿보고는 그 아름다움에 마음을 진정할 수가 없었다. 그래서 선뜻 몸을 일으켜 앞으로 나오며,

"읽던 글을 왜 던지시오?"

하고 아가씨가 읽던 글을 집어들고 읽어 보았다. 그리고는 양생이 은근히 얼굴에 기쁜 빛을 띠고 아가씨에게 물었다.

"아가씨는 대체 누구시길래 혼자 여기에 오셨습니까?"

아가씨가 대답하였다.

"저도 역시 사람입니다. 뭘 의심하십니까? 당신은 좋은 배필만 얻으면 될 텐데, 제 이름을 알아서 무엇하시렵니까? 그렇게 서둘러 제 이름을 아실 필요는 없지요."

아가씨는 이렇게 대답하였다.

양생이 아가씨와 연분을 맺다

만복사는 이미 오래되고 낡아서 일부가 무너져 내렸으므로 중들은 절의 한쪽 구석에서 살고 있었다. 법당(法堂, 불상을 모시고 설법도 하는 절의 본당) 앞에는 행랑채만 쓸쓸하게 남아 있었는데 그 복도가 끝나는 곳에 좁은 마루방이 있었다.

양생은 아가씨를 데리고 그 마루방으로 들어갔다. 아가씨도 이것을 뿌리치지 않았다. 거기서 서로 즐기는 것이 보통 사람과 조금도 다르지 않았다.

이윽고 밤이 깊어졌다. 달은 벌써 동산에 솟아오르고 창살 사이로 달 그림자가 비쳤다. 그때였다. 문득 밖에서 발자국 소리가 들렸다.

아가씨가 물었다.

"밖에 누구냐? 시녀(侍女) 아니냐?"

"예, 아가씨, 접니다. 아씨께서 중문(中門, 대문 안에 또 세운 문) 바깥을 나가시지 않으시고 걸음걸이도 여간 조심하지 않으셨는데 어제 저녁에 우연히 나가셔서 어째서 이렇게 늦도록 돌아오시지 않습니까?"

아가씨가 말하였다.

"오늘 일은 우연한 일이 아니야. 하늘이 도우시고 부처님께서 돌봐 주셔서 훌륭한 분을 만나 백년가약(百年佳約, 젊은 남녀가 결혼하여 한평생을 함께 지내자는 아름다운 약속)을 맺게 되었다. 부모님께 여쭙지 않고 결혼해서는 안 된다고 예법에서 가르치고 있지만, 이렇게 기쁨을 누리고 즐긴 것은 역시 평생의 특별한 인연이 있기 때문일 게야. 너는 초막으로 돌아가 돗자리와 술, 과일을 가져오너라."

시녀는 아무 말 없이 아가씨의 분부대로 따라 하였다. 뜰 앞에다 자리를 깔았을 때는 벌써 새벽 두 시나 되었다. 차려 놓은 술자리는 지나치게 소박하여 화려하지는 않았지만, 술에서 나는 향기는 인간 세상의 것이 아니었다.

양생은 의아하고 괴이한 생각이 들었다. 그러나 아가씨의 말투나 웃는 모습이 너무도 맑고 고왔으며, 얼굴과 몸가짐도 의젓하여 더 이상 의심하지 않았다.

아가씨는 술을 따라 양생에게 주고 시녀에게 노래를 불러 흥을 돋우어 드리라고 하였다. 그러면서 아가씨는 양생에게 말하였다.

"저 애가 옛날 노래를 그대로 부를 것입니다. 그래서 제가 노래 한 곡을 새롭게 지어 부르게 하려고 하는데 어떠하신지요?"

양생은 아가씨의 말에 더욱 기뻤다. 아가씨가 곧 노래 한 곡을 지어 시녀에게 부르게 하였다.

쌀쌀한 봄 추위에 명주옷이 얇은데,

애끓는 일이 몇 번이었던가.

청동 향로는 차디차고 황혼은 짙어가며

저녁노을 떠오를 때,

비단 장막 안의 원앙침을 함께할 님이 그리워

비녀를 비스듬히 꽂고 피리만 불었더니

야속해라, 세월은 화살 같아

하염없이 마음만 태웠노라.

등잔불은 꺼지고 병풍도 나직하여

한갓 눈물만 흘렸건만,

누가 있어 이 마음 알아주었나.

즐거워라, 오늘밤 한 곡조 피리소리.

무르녹는 봄철에 다시 돌아올 줄이야.

황천(皇泉, 저승, 명부)에 맺힌 설움. 천추(千秋, 오래고 긴 세월)의 원한을 깨뜨리고

한 곡조 노래하며 은술잔을 기울이니

서러워라, 지난날이 서러워.

원한에 싸여 시름에 잠겨

독수공방(獨守空房, 여자가 남자 없이 혼자 밤을 지냄) 새던 날 그날들이 서러워라.

노래가 끝나자 아가씨는 서글픈 한숨을 지으며 말하였다.

"지난날 봉래산(신선이 산다는 중국의 삼신산 가운데 하나) 시절에 좋은 님 만날 연분을 놓쳤지만 오늘 소상강(중국 양자강의 지류인 소강과 상강) 가에서 정든 님을 만났으니 이것은 하늘이 내린 행운이 아니겠습니까? 낭군께서 만일 저를 버리지 않으신다면 한평생 낭군을 모시며 시중을 들까 합니다. 그러나 낭군께서 만일 저의 소원을 들어주지 않는다면 저와 낭

군은 영원히 하늘과 땅처럼 아주 갈라지게 될 겁니다."

양생은 이 말을 듣고 한편으로는 감격하고 한편으로는 놀랐다.

"어찌 당신 말을 따르지 않겠소?"

그러나 아가씨의 태도는 아무래도 심상치가 않았다. 양생은 그 행동을 가만히 살펴보았다.

이때 달은 벌써 서산 봉우리에 걸렸고 먼 마을에서 닭이 우는 소리가 들려왔다. 절에서도 하루를 알리는 새벽종이 울리면서 바야흐로 동이 트기 시작하였다.

아가씨가 말하였다.

"얘야, 이제 자리를 걷어 가지고 돌아가자꾸나."

하니, 시녀가

"예!"

하고 대답하였다. 그리고는 어디론지 간데없이 사라졌다.

아가씨가 말하였다.

"인연이 이미 정해졌으니 함께 손을 잡고 가시지요."

양생은 아가씨의 손을 잡고 마을 집들을 지나갔다. 울타리 아래에서 개들이 짖고 길에는 사람들이 다니고 있었다. 그런데 길 가는 사람들이 양생이 아가씨와 함께 가는 것을 모르고 있었다.

"자네는 이 이른 아침에 어디로 가고 있는가?"

하고 묻자 양생은 대답하였다.

"마침 술에 취해 만복사에 누워 있다가 친한 친구의 집을 찾아가는 길입니다."

날이 밝아질 무렵 아가씨는 양생을 이끌고 무성한 풀숲으로 들어갔다.
이슬이 옷을 흠뻑 적실 정도였고 오솔길조차 찾을 수 없는 벌판이었다.

양생이 물었다.

"사람 사는 곳이 어째 이렇소?"

아가씨가 대답하였다.

"여자 혼자 사는 데는 원래 이렇습니다."

그리고는 『시경(詩經, 중국 춘추 시대의 민요를 중심으로 모은 중국에서 가장 오래된 시집)』의 시를 읊으며 웃었다.

> 이슬 촉촉이 젖은 길가를 이른 밤에 가고 싶지만
> 그 어인 이슬이 이다지도 많은지 주저하게 된다오.

양생도 『시경』의 시를 읊어 대답하였다.

> 어슬렁거리는 저 여우, 기수의 돌다리를 어정이네.
> 노나라 풍속이 문란하다 하더니,
> 제나라 아가씨도 잘 노네.

두 사람은 이렇게 시를 읊으면서 한바탕 웃었다.

양생은 아가씨와 즐겁게 지내다

마침내 그들은 함께 개녕동(開寧洞, 남원에 있는 곳)으로 갔다. 그곳에는 다북쑥이 들을 덮고 가시덤불이 하늘을 찌를 것처럼 무성하였다. 그 속에 작은 초막(草幕, 풀이나 짚으로 지붕을 이은 조그만 집) 한 채가 있었는데 매우 깨끗하고 말쑥하였다. 양생은 아가씨가 이끄는 대로 따라 들어갔다.

방 안에는 이부자리와 휘장(揮帳, 여러 폭의 천을 이어서 만든 둘러치는 막)이 잘 정리되어 있었다. 그 가운데 일부는 어젯밤에 보던 것이었다. 밥상을 올리는데 모든 음식이 어젯밤 만복사에서 차린 것과 비슷했다.

그곳에서 양생은 사흘 동안 머무르면서 인간 세상에서 하는 것처럼 즐거운 생활을 하였다.

시녀는 얼굴이 매우 아름다우면서도 교만하지 않고 부지런한 모양이었다. 그래서 그릇들도 깨끗하고 품위가 있었다. 양생은 그것들이 사람들이 쓰는 것 같지 않다는 생각을 언뜻 하였다. 그러나 아가씨와 정이 깊이 들어 더 이상 그런 생각을 하지 않았다.

사흘이 지나자 아가씨가 갑자기 양생에게 말하였다.

"여기서 보내는 사흘은 인간 세상에서 보내는 삼 년과 같습니다. 낭군께서는 다시 인간 세상으로 돌아가셔서 일을 하셔야겠어요."

마침내는 이별의 술자리를 베풀고는 헤어지게 되었다.

양생은 슬퍼하면서 말하였다.

"어찌 이다지도 빨리 헤어져야 한단 말이오!"

"나중에 다시 만나 평생의 소원을 다 이루게 될 거예요. 오늘 이렇게 누추한 저의 집에까지 오신 것은 반드시 지난 날 인연이 있었기 때문입니다."

아가씨는 말을 계속하였다.

"가시기 전에 제 이웃에 사는 친구들을 만나보시면 어떻겠습니까?"

양생은 말하였다.

"그럽시다."

아가씨는 곧장 시녀를 시켜 이웃들에게 알려 모이게 하였다. 모인 사람들 가운데 첫째가 정씨(鄭氏)이고, 둘째는 오씨(吳氏), 셋째는 김씨(金氏), 넷째는 유씨(柳氏)였다. 모두 귀족집 출신으로 아가씨와 한 동네에 살던 친척이면서 또 시집을 가지 않은 처녀들이었다. 모두 온화한 성격에 총명하였으며, 글과 시를 잘 지을 줄 알았다. 그들은 차례로 칠언절구(七言節句, 한 구가 일곱 자로 된 칠언이 네 구절로 이루어진 한시) 네 수씩 지어 이별의 선물로 주었다.

그 가운데 정씨는 자태가 멋스러웠으며, 구름처럼 틀어 올린 쪽진 머리가 귀밑의 머리카락을 덮고 있었다. 정씨는 한숨을 한 번 쉬더니 이렇게 읊었다.

봄밤에 꽃과 달이 어우러져 곱기도 고운데
내 시름 그지없어 세월 가는 줄도 몰랐네.
이 몸이 죽어가서 비익조(比翼鳥, 암수가 눈과 날개가 각각 하나씩뿐이어서 짝
을 짓지 않으면 날지 못한다는 전설적인 새)가 된다면
푸른 하늘에 님과 함께 날개를 펴고 날리라.

등불도 꺼져 캄캄한 밤은 어이 깊어
북두성도 기울어 달빛도 처량한데
서러워라, 이 황천길을 누가 찾아오겠는가.
푸른 저고리 흐트러지고 귀밑머리 헝클어졌네.

늦게 맺은 그 연분도 끝끝내 어긋났네.

봄바람 살랑 불어 베갯머리 스치는구나.
원앙새 눈물자국 몇 군데나 젖었는가.
무심한 산비에 뜰 안 가득 핀 배꽃이 다 지네.

꽃다운 청춘이 다 지나니 일이 이미 글렀구나.
쓸쓸한 이 내 마음 밤이 되면 잠 못 이뤄
남교(藍橋)를 지나는 님 보이지 않고,
언제나 좋은 기약 고운 님을 만나볼까.

　　오씨는 머리를 두 갈래로 땋아 쪽을 진 예쁘고도 연약한 아가씨였다.
그녀는 넘쳐흐르는 정회(情懷, 마음속에 품은 정)를 이기지 못하고 정씨의
뒤를 이어 이렇게 읊었다.

절간에서 향 피우고 돌아오던 길,
몰래 동전을 던져 좋은 연분 만났네.
피는 꽃 지는 달에 쌓이고 쌓인 그 원한이
주고받는 한 잔 술에 다 사라졌구나.

복숭아 붉은 볼에 새벽 이슬 젖건마는
깊은 골짜기라 나비조차 오지 않네.
반가워라 이웃집에 궁합(宮合, 결혼을 생각하는 남녀의 사주를 맞추어 보아 배
우자로서의 좋고나쁨을 헤아리는 점) 맞는 경사 있어
노래지어 부르면서 술을 따르네.

해마다 오는 제비 오늘도 날건마는
님 그리는 이 내 마음 애끊는 줄 모르는구나.

부럽구나, 저 부용(芙蓉, 연꽃의 다른 이름)은 꼭지마다 가지런히

지당(池塘, 못. 넓고 깊게 팬 땅에 늘 물이 괴어 있는 곳)에 밤이 들면 함께 목
욕하는구나.

다락 하나 푸른 산 가운데 서 있고

연리지(連理枝, 한 나무의 가지와 다른 나무의 가지가 서로 붙어서 나뭇결이
하나로 이어진 것. 부부 또는 남녀의 애정이 깊음을 비유하여 이르는 말) 가지 위
에 꽃이 한창 붉었구나.

서럽구나, 내 인생 나무만도 못하다니.

기구한 이 청춘 눈물만 고이네.

김씨는 몸가짐을 바로하고 단정하게 붓을 먹에 흠뻑 적셨다. 그리고
정씨와 오씨의 시를 너무 음란하다고 나무랐다.

"오늘의 이 자리는 수다나 떠는 자리가 아닙니다. 그저 좋은 풍경이나
읊어야 해요. 마음속에 간직한 생각을 다 풀어 놓으면 절도를 잃게 되니
우리들 속마음을 어떻게 인간 세상에 전할 수 있겠소?"

김씨는 드디어 낭랑한 목소리로 시를 읊기 시작하였다.

밤 깊어 새벽인데 접동새 슬피 울고

북두성 기울어 은하수 아득할 때

애처로운 옥퉁소를 다시는 불지 마오.

한가한 이 풍경을 세상 사람이 알까 두렵네.

금 술잔 은 술잔에 술 가득 부어놓고

너무 많다고 사양하지 말고 취하도록 마시자.

내일 아침 이는 바람 사납게 불면

봄 한 철도 꿈인 것을 어찌하랴.

초록비치 얇은 소매 부드럽게 드리우고
흥에 겨워 잔 잡으니 한 잔 부어 또 한 잔을
많은 흥취 다해도 님을 보내지는 마시오.
다시 새로운 말로 새 노래를 지으리라.

몇몇 해나 고운 얼굴 흙먼지 속에 묻혔는가.
오늘이야 사람 만나 한 번 웃어보네.
신선의 좋은 일은 말하지 마세.
흥겨운 우리 이야기 인간 세상에 퍼질까 두렵구나.

유씨는 약간 화장을 하였으나 흰옷을 입어 그다지 화려해 보이지 않았고, 행동마다 예의가 있었다. 유씨는 가만히 앉아 조용히 웃으며 시를 읊었다.

곧은 절개 굳게 지켜 몇 해나 되었는가.
고상한 넋 귀한 몸이 황천에 묻혔어라.
그윽한 봄밤이면 월궁(月宮) 항아(姮娥, 달나라 수정궁에 산다는 아름다운 선녀) 벗을 삼아
계수나무 꽃그늘에 홀로 졸고 있었구나.

복숭아꽃 배꽃이 봄바람에 춤을 추며,
무르익은 꽃동산에 천 점 만 점 휘날리네.
한평생 이내 절개 가실 줄이 있겠는가.
백옥같은 나의 마음 더러워질까 두렵구나.

연지 찍은 내 모습에 머리는 헝클어지고
향기 감춘 거울 속엔 이끼조차 피려 하네.

아아 오늘 아침 남의 집 잔치에 가서
머리 위의 붉은 꽃을 보기만 해도 부끄러워라.

아리따운 아가씨는 고운 신랑의 짝이네.
하늘이 정한 인연은 정도 두텁구나.
월하노인(月下老人, 부부의 인연을 맺어주는 중매인을 가리키는 말)도 노끈을 맺었으리.
양홍(梁鴻)과 맹광(孟光, 중국 후한의 선비인 양홍은 못생겼지만 어질고 밝은 아내 맹광의 공경을 받았다고 함)처럼 서로 화목하세요.

아가씨는 유씨의 시 가운데 마지막 편에 감격하여,
"저 역시 글을 읽었으니 한 마디 보태겠습니다."
하고 자리에 나와 앉아 시 한 수를 읊었다.

개녕동 깊은 골짜기에 꽃잎은 지고 피고
봄 시름 안고 한숨만 못내 겨워
아득한 구름 속에 님을 어이 본단 말인가.
소상강 대나무 아래서 눈물만 적셨네.

비 갠 강 따뜻한 날 원앙은 짝지어 날고
푸른 하늘에 구름 걷혀 물총새 노니는구나.
님과 한마음으로 칭칭 실을 맺었으니,
가을 바람 원망하는 비단 부채 되지 마세요.

양생은 글을 잘 짓기 때문에 그들의 시뜻이 맑고 높으며 여운이 넘쳐흐르는 것을 칭찬하였다. 양생도 그 자리에서 시 한 수를 써서 답례하였다.

이 밤이 웬 밤이냐, 선남 선녀 만날 줄을.

꽃같이 고운 얼굴, 앵두처럼 붉은 입술

시며 노래며 마디마디 깊은 뜻,

백거이(중국 당나라의 유명한 시인), 이안(중국 송나라의 여성시인 이청조)도

입을 떼지 못하네.

직녀 아씨 북[機, 베틀에서 씨올의 실꾸리를 넣는 기구] 던지고 인간 세상에 내

려왔는가.

월궁 항아는 공이[杵, 방아 찧는 기구]를 버리고 이곳을 찾았는가.

말끔하게 꾸민 단장 술잔이 오가는데

남녀의 즐거운 만남 익숙지는 않으나

술 마시고 시 읊으니 즐겁기 그지 없네.

기뻐라, 내가 봉래섬을 찾아가서

신선이 여기 있네. 풍류를 아는 사람을 만났구나.

이름난 술잔에 술 가득하고 금향로에 향이 피어올라

백옥상 솟은 곳에 매운 향기가 나풀나풀

푸른 비단 숙설간(熟設間, 잔치 때, 음식을 만들거나 차리기 위하여 베푼 곳)에

실바람이 살랑살랑

아아 님을 모셔와 이 잔치를 열게 되니

하늘에는 오색 구름 더욱 찬란하여라.

아아, 님이여 옛일을 생각하라.

그대는 문소와 오채란(중국 당나라의 선비 문소가 종릉에 있으면서 서산선녀

오채란과 만나 사랑했다고 함)을 보지 못했는가?

또 장석과 두난향(중국의 장전이 중국 고대 전설상의 선녀 두낭향과 연애를 하

였다고 함)을 보지 못했는가?

인생의 서로 만남 인연인 것이 분명하다.

마음껏 잔을 들고 한없이 즐겨 보자.

님이여 무슨 일로 섭섭한 말을 하오.

김시습

가을부채 버릴까 나더러 말씀이요.
천세를 누리고자 만세를 누리고자
달 아래 꽃 아래서 함께 놀아 보자.

이윽고 서로 작별을 하려 할 때, 아가씨가 은주발 한 벌을 양생에게 주면서,

"내일 제 부모님께서 제게 줄 음식을 갖고 보련사(寶蓮寺, 남원의 보련산에 있는 절)로 오실 겁니다. 만일 낭군께서 저를 버리지 않으신다면 보련사 가는 길에서 저를 기다려 주세요. 저와 함께 절로 가서 제 부모님을 만나시는 게 어떠세요?"

하니, 양생은 시원스럽게 승낙하였다.

양생이 왜란 때 아가씨가 죽은 사실을 알다

이튿날 양생은 은주발을 갖고 아가씨가 말하던 길가에서 기다렸다. 과연 어느 귀족집 행차가 나타났다. 그들은 딸의 대상(大祥, 죽은 지 2년 만에 지내는 제사)을 치르기 위해 가는 길이라고 하면서 수레며 말이며 길을 가득 메우면서 보련사로 가고 있었다.

그러다가 하인 한 사람이 문득 은주발을 들고 길가에 서 있는 양생을 발견하였다.

"아가씨의 무덤 속에 넣었던 물건이 벌써 도적을 맞았나 봅니다!"

이 말을 들은 귀족이 말하였다.

"무슨 말이냐?

"저기 저 사람이 들고 있는 은주발 말입니다."

그들은 말을 멈추고 양생에게 다가와 은주발을 갖게 된 이유를 물었다. 양생은 전날 아가씨와 약속한 사실을 있는 그대로 알려 주었다.

아가씨의 부모는 놀란 표정으로 양생의 이야기를 듣다가 한숨을 지었다.

"내게 딸 하나가 있었는데 왜적의 난이 일어났을 때 놈들의 창 끝에 목숨을 잃었다오. 그 뒤로 아직까지 무덤도 만들어 주지 못하고 개녕사(남원 대수산에 있는 절) 근처에 관만 놓아 두었소. 그러다가 지금껏 장례도 제대로 치러 주지 못했소. 오늘이 그 애의 대상을 치르는 날이라 재(齋, 명복을 비는 불공)라도 한 번 올려 주어 그 애의 명복(冥福, 죽은 뒤 저승에서 받는 복)을 빌어 줄까 해서 왔다오. 그대에게 만일 그런 일이 있었다면 그 애를 기다렸다가 함께 와 주면 어떻겠소? 부디 놀라지는 마오."

아가씨의 부모는 이렇게 당부하고 먼저 떠났다.

양생이 아가씨 장례를 치러 주다

양생은 한참동안 거기서 기다렸다. 약속한 시간이 되자 과연 아가씨가 시녀를 따라 걸어왔다.

두 사람은 기쁨에 넘쳐 서로 손을 잡고 보련사로 들어갔다. 아가씨는 절에 들어서자 부처님 앞에 인사를 하고 곧 그 뒤에 있는 흰 장막 안으로 들어갔다. 아가씨의 친척이나 중들에게는 이러한 것이 보이지 않았다. 다만 양생의 눈에만 아가씨의 행동이 분명하게 보였다.

아가씨는 양생에게 말하였다.

34
• • •
김시습

"저와 함께 식사를 하세요."

양생은 이 말을 아가씨의 부모에게 알려 주었다. 부모는 이상한 생각이 들었지만 시험삼아 소원을 들어주라고 하였다. 그러자 숟가락 움직이는 소리가 들려오는데 그 소리는 분명히 산 사람이 마주 앉아 식사를 하는 소리 같았다.

아가씨의 부모는 감격하여 양생에게 그 휘장 옆에서 하룻밤을 함께 지내는 것이 좋겠다고 하였다.

밤이 점점 깊어졌다. 두 사람의 이야기 소리가 소곤소곤 들려왔다. 그 이야기를 들어보려고 하면 말소리가 그쳤다.

아가씨가 말하였다.

"제가 규중의 예절을 어겼다는 것은 잘 알고 있어요. 어릴 때부터 글을 읽었기 때문에 예의범절은 대강 알고 있습니다. 여자가 되어 남자를 찾아다니는 것은 도리에 어긋난 일입니다. 사람이 되어 예절을 지키지 못하는 것이 부끄러운 일이지요. 하지만 너무도 오랫동안 쓸쓸한 벌판에 버려진 채 쑥대밭 속에 파묻혀 있어 한 번 님을 그리는 마음이 일어나자 참을 수가 없었어요.

저번에 절에서 부처님께 소원을 빌었지요. 부처님께 향을 피우고 저의 불행한 인생을 한탄하였더니 문득 낭군님을 만나게 된 것입니다.

제 옷차림은 비록 소박하지만 낭군의 지극한 사랑에 보답하여 백년토록 모시면서 밥도 지어 드리고 옷도 빨아 드리며 평생 아내의 도리를 하려고 했습니다.

그러나 슬프게도 제 운명은 피할 수가 없어요. 저는 저승길로 떠나야 한답니다. 이렇게 즐거움을 다 누리지도 못하고 이별을 하게 되었군요. 이제는 보련이도 병풍 속으로 들어갔습니다. 우레신도 우레수레를 돌려 버려 양대(陽臺, 초나라 양왕과 무산의 선녀가 만나던 곳. 여기서는 보련사를 말함)에서는 구름비가 걷혔어요. 은하수에는 까막까치가 흩어지고요.

이제 헤어지면 언제 다시 만날 수 있을까요? 헤어지자니 안타까운 마음을 어떻게 말씀드려야 할지 모르겠습니다."

그러면서 아가씨의 넋은 떠나고 있었다. 줄곧 울음 섞인 목소리가 끊어지지 않았다. 문 밖에 이르러 다만 은은한 하소연만이 공중에서 들릴 뿐이었다.

저승길 운명은 막을 수 없어
애닯고 서러운 이별이구나.
바라건대 사랑하는 낭군님
길이길이 저를 잊지 마세요.
슬프고 슬프구나, 우리 부모님
딸의 도리도 다 못해 드렸네.
아득한 면 저승에 있어도
이 마음 언제나 맺혀 있네요.

그 소리가 점점 멀어지면서 흐느끼는 울음으로 바뀌었다. 아가씨의 부모는 비로소 딸의 진심을 알고 더 이상 의심을 하지 않았다. 양생도 아가씨가 이미 저승의 사람이 되었다는 것을 알고 더욱 슬퍼하였다. 그리고 아가씨의 부모와 함께 통곡하였다. 한참을 통곡한 후에 아가씨의 부모가 양생에게 말하였다.

"은주발은 자네가 그대로 쓰게나. 그리고 우리 딸에게 토지 몇 마지기가 있고 하인도 있었으니 자네가 이것이라도 맡아 그 애의 표시라고 생각하면서 우리 애를 잊지 말게나."

양생은 이튿날 제물을 차리고 술을 마련하여 전날 아가씨와 놀던 곳으로 찾아갔다. 과연 거기에는 시체 하나가 관에 들어 있었다. 양생은 재를 올리면서 지전(紙錢, 동전을 본떠서 만든 종이. 중국의 풍습으로, 죽은 사람의 명복을 빌거나 재해를 벗어나게 해 달라고 지전을 태웠음)을 태워 아가씨의 명복을 빌었다. 그리고 무덤을 만들어 장례를 치러 주었다. 양생이 아가씨를 추모한 제문(祭文, 제사 때, 죽은 사람을 위해 애도의 뜻을 표하며 읽는 글)은 이러하였다.

슬프도다, 그대여! 어려서부터 성품이 온화했고, 자라면서 자질은 깨끗하였네. 서시(西施, 중국 월나라의 미인)처럼 아름다운 용모와 숙진(淑眞, 중국 송나라의 뛰어난 여성 시인)을 앞서는 글 솜씨로, 언제나 규방을 떠나지 않고, 항상 부모님의 훈도를 받았네.

난리를 당해 귀한 몸 지키고자, 포악한 도적들한테 정절 지키었네. 쑥대밭을 의지하여 외로이 살았으니, 지는 꽃 뜨는 달에 마음이 상했구나. 애끓는 봄바람에 접동새는 슬피 울며 피눈물 흘렸네. 차디찬 가을 서리에, 철늦은 부채인 듯 신세를 한탄했네.

지난날 우연히 만난 하룻밤, 마음속에 깃든 사랑 얽히고 설키었네. 저승과 이승이 다르다고 하지만, 고기와 물처럼 우린 서로 의지했네. 앞으로 백 년을 함께 보내자고 하더니, 어이하여 하룻밤에 헤어지게 되었나. 달나라에 난새 타던 아가씨, 무산에서 비 내리던 선녀였네.

땅도 아득하여 찾을 길 전혀 없고, 하늘도 아득하여 바라보기도 어렵네. 들어서면 황홀하여 말이 막히고, 나서면 창망하여 갈 곳 알 수 없어, 혼령 앞에서 눈물 뿌리고, 술 따르며 슬픔 고하네. 정숙한 아가씨 얼굴 눈에 아른거리고, 다정한 아가씨 소리 귀에 쟁쟁하네.

아! 슬프구나. 그대의 총명한 성품, 그대의 상냥한 기운, 넋은 이미 흩어져 떠났어도, 정신이 어찌 사라지겠는가? 부디 돌아와 여기에 머물러 주오. 향기 풍기며 내 곁에 있어 주오. 비록 삶과 죽음이 다르다고 해도, 이내 심정만은 알아 주오.

그 뒤 양생은 집과 밭을 모두 팔아 여러 차례 정성을 다해 아가씨의 명복을 빌어 주었다. 그러자 아가씨의 영혼도 공중에서 마지막 인사를 하였다.

"낭군의 지극한 정성 덕분에 전 이미 딴 세상에서 남자로 태어났습니다. 비록 저승과 이승이 다르지만 낭군의 은혜를 잊지 않겠습니다. 낭군도 지금부터 도를 닦아 이 세상을 벗어나 영원하게 행복하세요."

양생이 홀로 초야에 묻혀 살다

양생은 그 후 다시는 결혼하지 않고 지리산으로 들어갔다. 거기서 약초를 캐며 살았는데 어떻게 살다 죽었는지 아는 사람이 아무도 없었다.

이야기 따라잡기

전라도 남원에 사는 양생은 어려서 부모를 잃고 결혼도 못한 채 만복사 동쪽 절방에서 외롭게 산다. 어느 달 밝은 밤에 양생은 절방 앞에 있는 배나무 아래를 거닐면서 자신의 고독한 처지를 한탄하는 시 한 수를 읊는다. 그러자 문득 공중에서 그대가 좋은 배필을 구하고자 한다면 어찌 소원이 이루어지지 않겠느냐는 소리가 들려온다. 양생은 그 말을 의아하게 생각하면서도 기뻐한다.

다음 날은 마침 사람들이 만복사에 모여 즐겁게 연등놀이를 하면서 부처님 앞에 소원을 비는 날이었다. 사람들이 떼를 지어 절에 찾아왔다가 돌아가 인적이 드물어지자, 양생은 조용히 부처님 앞으로 나아가 저포를 꺼내 자신이 지면 부처님에게 불공을 드리고, 이기면 아름다운 아가씨와 결혼을 하게 해 달라고 한다.

부처님과의 저포 내기에서 이긴 양생은 부처님께 약속을 꼭 지켜 달라고 부탁하고는 불좌 밑에 숨는다. 한참을 기다리고 있으니 아름다운 아가씨가 조용히 나타나 전생의 연분을 그리워하는 마음이 담긴 글을 읽는다.

양생은 아가씨의 모습에 반해 앞으로 뛰어나가 법당의 아래채에 있는 한적한 마루방으로 아가씨를 데리고 간다. 양생과 아가씨는 마루방에서 서로 다정하게 마주 앉아 이야기를 나누며 즐거운 시간을 보낸다. 아가씨의 행동이 이 세상 사람 같지 않은 느낌도 들었지만, 양생은 그냥 고귀한 집안의 아가씨가 부모님 몰래 집을 빠져 나왔다고 생각한다.

시간이 조금 지나자 아가씨는 시녀를 불러 자신의 오두막으로 가서 돗자리와 술 그리고 과일을 가져오라고 한다. 시녀가 술과 과일을 갖고 오자 양생에게 술을 따라주고 시녀에게 노래를 부르게 하여 양생의 즐거움을 더하게 해 준다.

어느덧 날이 밝아 오자 아가씨는 문득 한숨을 쉬면서 양생에게 자신의 집으로 가자고 한다. 양생은 아가씨의 손에 이끌려 쑥대와 가시덤불이 무성하게 자라 하늘을 가릴 지경인 곳에 있는 작은 초막에서 사흘 동안 아가씨와 함께 한평생 다 누릴 것 같은 즐거운 시간을 보낸다.

나흘째 되는 날 아가씨는 양생과 헤어지는 잔치를 베풀면서 이웃집 여인들을 초대한다. 이 사람들은 친척이거나 한 동네에 살던 친구들로, 일행은 양생과 함께 시를 주고받으며 즐거운 시간을 보낸다. 얼마 후, 일행들이 애틋한 이별 인사를 나누며 헤어질 때 아가씨는 양생에게 은주발 한 벌을 주면서 내일 자신의 부모가 보련사라는 절에 갈 테니 보련사 가는 길목에서 다시 만나자고 약속한다.

이를 승낙한 양생이 이튿날 보련사 길목을 찾아가자, 아가씨가 말한

김시습

대로 귀족집 행차가 딸의 제사를 지낸다며 보련사로 가고 있었다. 양생이 아가씨가 준 은주발을 들고 길가에 서 있자 일행 중 한 사람이 은주발을 보고 아가씨 부모에게 따님의 무덤 속에 넣었던 물건이 도둑맞았다고 이른다. 이 말을 들은 아가씨 부모는 양생에게로 와 은주발을 가지게 된 연유를 묻는다. 양생은 아가씨를 만나 함께 즐기던 일이며 아가씨와 한 약속을 그대로 일러 준다.

행차가 멀리 떠나자 나타난 아가씨와 함께 양생은 보련사로 간다. 절에 들어서자 아가씨는 부처님에게 절을 올리고 양생과 함께 식사를 하면서 오랫동안 이야기를 나눈다. 하지만 이상하게도 아가씨의 모습이며 말소리는 남의 눈에는 보이거나 들리지 않고 양생에게만 보이고 들렸다.

밤새도록 두 사람은 깊은 정을 나누지만 날이 밝아오자 아가씨는 눈물을 흘리며 양생은 이승 사람이고 자신은 저승 사람이니 이제는 이별할 때가 왔다는 것을 말하고 몹시 슬퍼하면서 양생의 곁을 떠나간다. 아가씨의 부모는 양생이 자기 딸에게 그동안 베풀어 준 친절에 감사해 하며 논과 밭을 준다. 그러나 양생은 그것을 전부 팔아 아가씨의 명복을 빌며 부처님에게 공양하고 재를 올린다.

그 후 아가씨가 양생 앞에 다시 나타나 그의 치성 덕분에 자신은 남자로 새로 태어나게 되었다고 하면서 양생도 부처님에게 공덕을 쌓아 생사의 윤회에서 벗어나라고 일러 준다. 그 후 양생은 평생 결혼도 하지 않고 지리산으로 들어가 약초를 캐며 살다가 자취를 감춘다.

쉽게 읽고 이해하기

사람과 귀신의 사랑이 이루어질 수 있을까?

「만복사저포기」는 산 사람과 죽은 사람의 삶과 죽음을 초월한 사랑 이야기이다. 주인공 양생은 일찍이 부모를 잃고 전라북도 남원에 있는 만복사에서 혼자 살고 있는 처지이다. 양생이 살고 있던 시대는 고려 말로서 이 시기에는 왜구들이 자주 침략해 왔다. 양생과 사랑을 나눈 개념동에 사는 아가씨는 왜구가 남원에 쳐들어왔을 때 절개를 지키려다가 목숨을 빼앗겼다. 거기다 야산의 풀숲에 버려진 상태에서 원혼이 된, 말하자면 저승으로 가지 못하고 이승을 떠도는 외로운 귀신이다.

결혼도 못하고 나이만 먹은 외로운 양생과 저승으로 떠나지 못한 채 떠돌던 외로운 귀신 아가씨가 부처님의 힘으로 만나게 된다. 두 사람은 곧 삶과 죽음의 벽을 넘어선 사랑을 나눈다. 그러나 이승과 저승이라는 넘을 수 없는 한계 때문에 어쩔 수 없이 두 사람은 헤어진다. 특히 두 사람은 만남과 이별을 거듭하면서 자신들의 사랑이 이루어질 수 없다는 것을 더욱더 절실하게 깨닫게 된다.

아가씨는 왜 귀신이 되었을까?

아가씨는 왜구의 침략 속에서 자신의 정절을 지키려고 하다가 목숨을 잃는다. 이것은 목숨을 버리는 한이 있어도 정절을 버리지 않겠다는 아가씨의 신념에서 나온 행동이라고 할 수 있다. 그런데 왜구의 칼날에 목숨을 잃은 것이 억울해서 귀신이 되고 만다. 작가 김시습은 평소에도 귀신에 대해 이런 생각을 가지고 있었던 모양이다. 그의 「귀신론」이란 글을 보면, 사람이 억울하게 죽었을 때 그 사람의 기운이 이 세상에 남게 되는데 시간이 오래 지나야 사라지게 된다고 쓰여 있다.

아가씨는 결혼도 하지 않은 상태에서 억울하게 죽었기 때문에 살아 있을 때 이루지 못한 사랑을 이루고 싶어한다. 그러나 그 사랑은 영원할 수 없다. 왜냐하면 산 사람과 죽은 사람의 사랑이기 때문이다. 양생도 아가씨를 만나 사랑을 이루지만 죽은 사람을 만나 사랑을 나누었기 때문에 결국 헤어져야 하는 것이다.

양생은 왜 산속으로 들어갔을까?

양생은 좀처럼 아가씨가 죽은 사람임을 받아들이려 하지 않고 오로지 아가씨와 맺은 약속만을 지키려고 한다. 그렇기 때문에 비극적인 종말을 맞이하게 된다. 만약 양생이 처음부터 아가씨가 죽은 사람이라는 것을 인정했다면 굳이 비극적인 종말을 맞지 않아도 되었을 것이다. 귀신이 아닌, 다른 사람을 만나 살 수도 있을 것이다.

그러나 양생은 마지막 헤어지는 순간까지 아가씨가 죽은 사람이라는 것을 인정하지 않는다. 아가씨와 헤어지지 않으려는 양생의 몸부림은 결국 운명 앞에 무릎을 꿇게 된다. 그렇게 되자 양생은 세상을 등지고 지리산으로 들어가 버린다. 그리고 평생을 혼자 사는데, 여기에서 아가씨에 대한 양생의 절대적인 사랑을 볼 수 있다.

「만복사저포기」는 잘 짜여진 이야기

이 작품은 두 주인공의 만남과 이별의 과정을 아주 자세하게 그리고 있다. 처음에 양생은 만복사 부처님 앞에서 아가씨와 만나 마루방에서 하룻밤을 지낸다. 그리고 다시 아가씨의 거처가 있는 개녕동으로 가서 사흘을 지낸다. 두 사람은 나흘째 되는 날 다시 만날 것을 약속하고 헤어진다. 절에서 다시 만났을 때 두 사람은 제삿밥을 같이 나누어 먹고 영원히 이별하게 된다. 아가씨와 이별하고 나서 양생은 그녀의 부모에게 받은 논과 밭을 모두 팔아서 아가씨를 위한 재를 지내 준다. 아가씨는 양생에게 고마움을 표하기 위해 잠시 나타나 남자로 다시 태어나게 되었다는 말을 남긴다. 그 후 양생은 지리산으로 들어가 약초를 캐다가 죽는다.

「만복사저포기」는 비록 짧은 분량의 단편소설이지만, 이렇게 세 번의 만남과 이별이 치밀하게 그려져 있어 소설로서 훌륭한 가치를 지닌 작품이라고 인정할 수 있다. 또 한문으로 쓰여진 작품답게 많은 한시가 들어 있는 것도 하나의 특징이다. 한시는 등장인물들의 심정이나 성격을 아주 자연스럽게 표현해 주고 있다. 예를 들어 개녕동에서 아가씨와 이

별할 때 이웃에 사는 처녀 정씨, 오씨, 김씨, 유씨 등이 읊은 시를 보게
되면 그들의 겉모습처럼 각기 개성 있고 뚜렷한 내용을 담고 있음을 알
수 있다.

만들지 않으면 얻을 수 없고, 배우지 않으면 깨닫지 못한다.
노력과 배움이 없으면 인생을 밝힐 수 없다.

— 장재(중국의 사상가, BC 369~BC 289)

「이생규장전」은

이생과 최랑의 만남과 이별,

그리고 갈수록 깊어지는 사랑의 감정을

비극적으로 그리며,

남녀의 변치 않는 사랑의 간절함을 그린 소설이다.

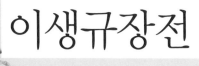

이생규장전

취굴에서 맺은 삼생의 인연 다시 향기를 내어
여기서 낭군을 다시 만나 뵈오니
지난날 우리가 맺은 맹세를 버리지 마세요.

등장인물

이생 훤칠한 모습에 시를 잘 짓는 젊은이다. 강압적인 아버지 밑에서 자라나 성
격이 약간 소극적이나 최랑을 만나고 헤어지고 다시 만나는 동안 최랑에 대
한 사랑이 깊어지면서 점점 적극적인 모습을 보인다. 비록 사랑을 이루어 가
는 과정에서는 최랑에 비해 소극적이었지만, 최랑을 따라 죽는 극진한 사랑
을 보여 준다.

최랑 여성이지만 이생과는 달리 성격이 적극적이다. 이생을 먼저 담장 안으로
불러들여 만나고 사랑을 이루려는 강한 모습을 보여 준다. 또 이생과의 사랑
을 지키기 위해 홍건적에게 대항하다 목숨을 잃는데, 죽고 나서도 영혼의 상
태로 이생의 앞에 나타나 부모의 장례와 집안의 재산을 찾아주고 몇 년 동안
이생과 같이 살기도 한다.

이생규장전

이생이 최랑의 집 담을 엿보다

개성의 낙타교(駱駝橋, 옛날 개성에 있었던 다리의 이름. 고려 태조 때 거란이 낙타 50필을 바치자 태조는 받지 않고 이 다리 밑에 매어 두었는데 결국 낙타가 모두 굶어 죽어 낙타교라는 이름이 붙음) 옆에 이생이라는 사람이 살고 있었다. 이생의 나이는 열여덟이고, 얼굴이 말끔하며 체격이 아주 좋고 재주 또한 대단히 뛰어났다. 이생은 매일 국학(國學, 성균관. 지금의 대학기관)에 다니면서 길 가는 도중에 시를 외우곤 하였다.

그때 선죽리(개성 선죽교 부근에 있는 마을 이름)에 최씨라고 하는 귀족 가문이 있었다. 그 집의 딸 최랑의 나이는 십오륙 세쯤 되었는데, 얼굴이 아름답고 자수와 바느질 솜씨도 뛰어났으며 시도 잘 지었다.

그래서 세상 사람들은 이 두 사람을 보고 모두 이렇게 칭찬하였다.

풍류재자(風流才子, 글 잘 짓고 노래도 잘하는 멋스러운 남자) 이도령
요조숙녀(窈窕淑女, 얌전하고 조용한 여자) 최낭자

그 재주, 그 모습을 듣기만 해도
굶주린 배가 불러진다오.

　이생은 책을 옆에 끼고 학교에 갈 때에는 언제나 최랑의 집 앞을 지나
갔다. 최랑의 집 담 밖에는 수양버들 수십 그루가 줄을 서서 늘어져 있
었다. 이생은 가끔 그 아래에서 쉬어가곤 하였다.
　어느 날 이생이 그 집의 담장 안을 들여다보았다. 담장 안에는 이름난
꽃들이 활짝 피어 있었다. 벌과 새들도 다투어 춤을 추고 노래를 부르고
있었다. 담장 곁에는 조그마한 별당이 꽃에 싸여 보일 듯 말 듯 하였다.
　별당에는 발이 반쯤 쳐져 있었고 비단으로 만든 휘장이 낮게 드리워져
있었다. 거기에 아름다운 아가씨가 앉아 수를 놓고 있었다. 아가씨는 자
수 놓는 것을 잠시 멈추고 있었다. 그리고 턱을 괴면서 시를 읊기 시작
하였다.

　　사창(紗窓, 얇은 비단을 바른 창)에 홀로 앉아 수놓기도 지쳤네.
　　활짝 핀 꽃송이에 요란한 꾀꼬리 소리
　　봄바람 공연히 부는 게 원망스러워라.
　　말없이 바늘 놓고 님 생각을 하네.

　　길 가는 저 님은 어느 댁 도련님인가.
　　푸른 깃에 늘인 띠만 버들 사이로 보이네.
　　어떻게 하면 날아가는 제비가 되어
　　구슬발 걷고 담장을 넘어갈 수 있을까.

　이 시를 들은 이생의 가슴이 두근두근거렸다. 그러나 아가씨의 집 담

장은 너무 높았고 솟을대문의 문고리도 굳게 잠겨 있었다. 남의 집을 함부로 넘어갈 수도 없었다. 서운한 마음이 들었지만 하는 수 없이 그 자리를 떠났다.

학교에서 돌아올 때 이생은 시 세 수를 지어 흰 종이 한 폭에다 적고는 그것을 기와쪽에 매달아 담 안으로 던졌다.

> 무산 열두 봉우리 안개에 겹겹 싸이고
> 반쯤 드러난 뾰족한 봉우리에는 푸른 빛이 서렸네.
> 초나라 양왕의 외로운 꿈은 시름도 많아
> 구름 되고 비 되어 양대로 내리는구나.

> 사마상여(司馬相如, 중국 전한 때의 문인)가 탁문군(卓文君, 중국 전한 때 쓰촨성의 부자 탁왕손의 딸로 과부였다가 사마상여를 만나 도망가 살았다고 함)을 사랑하듯이
> 오고가는 정은 이미 무르익었네.
> 울긋불긋한 단청 고운 담장머리 저 복숭아꽃
> 바람 따라 어디로 어지럽게 떨어지는가.

> 좋은 연분일까, 아니면 좋은 배필일까.
> 부질없이 마음 졸이니 하루가 일 년이네.
> 그대 읊은 시로 마음 얽혔으니
> 남교에서 어느 날에 선녀를 만날 수 있을까.

최랑은 시녀 향아를 시켜 종이 쪽지를 가져다 보았다. 이생의 시였다. 종이를 펼쳐 시를 여러 번 읽고 나서 마음속으로 혼자 기뻐하였다.

그래서 즉시 종이에다,

그대는 의심하지 마오.
날이 저물거든 만나러 오세요.

라고 써서 담 밖으로 던졌다.

이생이 최랑 집 담장을 넘어가다

이생은 그 말대로 날이 어두워지자 다시 그곳으로 찾아갔다. 복숭아나무 가지 하나가 담 너머로 넘어와 그림자를 한들한들 흔들고 있었다. 이생은 가까이 가서 살펴보았다. 거기에는 안으로부터 그넷줄이 드리워져 있었다.

이생은 즉시 그넷줄을 타고 담 안으로 넘어갔다. 마침 동산에는 달이 솟아올라 꽃 그림자가 땅에 가득하였다. 맑은 향기가 코를 찔렀다. 이생은 신선 세계에 들어온 것 같은 착각이 들었다. 그래서 마음속으로 은근히 기뻤다. 또 한편으로는 남의 눈을 피해 하는 일이기에 마음이 조마조마하여 머리카락이 곤두설 지경이었다.

이리저리 둘러보고 좌우를 살펴보았다. 그 아가씨는 향아와 함께 꽃을 꺾어 머리에 꽂고 으슥한 곳에 담요를 펴고 앉아 있었다. 아가씨는 이생을 보고 방긋 웃었다. 그리고는 입 속으로 시 두 구절을 먼저 읊었다.

복숭아 가지마다 꽃송이 탐스럽고
원앙침 베갯머리에 달빛이 곱네.

이생도 그 시구의 뒤를 이어서 읊었다.

나중에 봄 소식이 생긴다면
무정한 비바람 탓이라고 생각하리라.

최랑은 얼굴빛이 달라지면서 말하였다.

"저는 처음부터 그대의 아내가 되어 평생토록 아내의 도리를 다하며 행복을 누리고자 하였는데 이런 말씀을 하시다니요. 여자의 몸인 저도 지금 전혀 마음이 불안하지도 걱정스럽지도 않은데, 그대는 대장부의 몸으로 어찌 이리 나약한 말씀을 하십니까? 이 다음에 이 일이 새어나가 아버님께서 저를 꾸짖으신다면 제가 혼자 모든 책임을 지겠어요. 향아야! 방에 가서 술과 과일을 차려 오너라."

향아는 분부대로 하려고 곧 자리에서 일어났다. 사방은 조용하여 인기척 하나 없었다. 이생이 물었다.

"여기가 어딘가요?"

최랑이 말하였다.

"여긴 저희 집 뒷동산에 있는 작은 별당이에요. 저의 부모님께서 외동딸인 저를 아주 사랑하셔서 여기 연못가에다 별당 한 채를 지어 주셨어요. 봄이 되어 온갖 꽃들이 피면 시녀와 함께 놀라고 하신 것이지요. 부모님 계시는 곳은 여기와 아주 멀리 떨어져 있어 아무리 여기서 웃고 떠들어도 여간해서는 잘 아실 수 없을 거예요."

최랑은 술 한 잔을 따라 이생에게 권하였다. 그리고는 시 한 수를 지어 읊었다.

굽어진 난간은 연못 속에 잠겼고
연못가 꽃 속에서 님과 속삭이네.
부슬부슬 피는 안개 무르익은 봄밤에
노래 가사 새로 지어 상사곡(相思曲, 남녀 사이의 서로 그리워하는 정을 읊은
노래)을 노래하네.
달 뜨자 꽃 그림자 담요 위에 비치고
꽃가지 당기자 붉은 꽃비 떨어지네.
바람 일어 맑은 향기 온몸에 풍기고
님 위해 처음으로 봄볕 아래 춤을 추네.
비단 치마 해당화 가지를 스치자
꽃 속에서 자던 앵무새를 깨우네.

이생은 바로 최랑의 시에 답하는 시를 지었다.

무릉도원(武陵桃源, 중국 진나라 때 사람 도연명의 「도화원기」라는 글에서 나
오는 별천지. 사람들이 화목하고 행복하게 살 수 있는 이상향) 들어서니 복숭아
꽃 활짝 피었네.
님 그리던 이 마음 이루 다 말할 수 없어라.
구름같이 쪽진 머리에 금비녀 나직하게 꽂고
초록색 모시적삼에 봄빛 새로워라.
봄바람에 피어나는 두 송이 꽃
애꿎은 비바람아 꽃가지 흔들지 마라.
선녀의 소매 나부껴 그림자 너울너울
계수나무 그늘 속에서 항아가 춤을 추네.
좋은 일 끝나기도 전에 시름이 따르는 법
새로 지은 노래 앵무새에게 가르치지 마오.

술상을 물리고 최랑은 이생에게 말하였다.

"오늘의 일은 결코 작은 인연이 아니어요. 낭군께서는 부디 제 뒤를 따라오셔서 좀더 정담을 나누어 주세요."

말을 마치고 최랑은 별당의 뒷문을 열고 들어갔다. 이생이 그 뒤를 따라가 보니 별당의 사다리가 방 안에 있었다. 사다리를 타고 올라가자 거기에는 다락방이 있었다. 다락방 안에는 문방구(文房具, 서재에 갖추어 두는 필기구. 종이, 먹, 붓, 벼루 등을 일컬음)와 책상이 매우 가지런히 놓여 있었다.

한쪽 벽에는 산봉우리를 그린 그림과 대나무와 고목을 그린 그림이 걸려 있었다. 모두 이름난 그림이었고 그 그림에는 이름 모를 시인들의 시 구들이 쓰여 있었다.

첫째 그림에는 이러한 시가 적혀 있었다.

그 누구의 붓 끝에 힘이 넘쳐
강 한가운데 첩첩 산을 이렇게 그려냈나.
웅장하여라, 지리산은 만 길이나 높게
아득한 구름 속에 솟았구나.
저 멀리 아득히 몇백 리가 펼쳐 있고
가까이는 푸른 소라 모양 옆에서 보는 듯
푸른 물결 넘실넘실 하늘가에 닿았고
저문 날 멀리 바라보니 고향 생각에 젖었구나.
이 그림을 보니 내 마음 쓸쓸해져
비바람 부는 소상강(중국 양자강의 지류인 소강과 상강)에 몸이 둥실 떠오르네.

둘째 그림에는 다음과 같은 시가 쓰여 있었다.

화가의 가슴속에 조화를 품었나
신비한 저 풍경을 어떻게 말로 표현하겠나.
위언(韋偃, 중국 당나라의 유명한 화가)과 여가(與可, 중국 송나라의 화가) 같
은 화가도 귀신이 되었으니
천기를 누설(漏泄, 중대한 비밀이 새어나가게 함)해도 몇이나 알겠는가.
맑은 창가에서 말없이 바라보니
그림의 세계로 마음이 절로 끌려가네.

한쪽 벽에는 봄, 여름, 가을, 겨울 사계절의 풍경화가 걸려 있었다. 거
기에는 각각 이름 모를 시인의 시가 네 편씩 쓰여 있었다. 글씨는 조맹
부(중국 원나라의 서예가이자 화가. 호는 송설)의 해설체를 본받아 글자가 매우
단정하였다.
첫째 폭에 쓰인 시는 다음과 같았다.

연꽃 휘장 안에는 향 연기 피어나고
창 밖에는 살구꽃 비가 부슬부슬 내리네.
누각에서 꿈을 꾸는 희미한 이른 새벽
저기 저 꽃동산에서 새 소리 들려오네.

기나긴 날 깊은 규중(閨中, 부녀자가 지내는 방) 제비 쌍쌍이 모여들 때
귀찮아서 말도 없이 금바늘을 멈추는구나.
다정한 저 나비는 님의 동산에 짝을 지어
떨어지는 꽃잎을 사랑하는지, 날고 날아 앉는구나.

엷은 바람 살랑살랑 초록치마 스쳐올 때
무정한 봄 소식은 남의 애를 끊나니
말없는 이내 뜻을 누가 알아줄까.
온갖 꽃 만발한데 원앙새만 춤추는구나.

봄은 점점 깊어져 뜨락에 짙었는데
붉은 꽃 푸른 풀이 창가에 어른대네.
뜰 가득 우거진 풀 봄날이 다 가는 듯
구슬발을 반만 걷고 지는 꽃을 바라보네.

둘째 폭은 여름의 풍경화였다.

밀이삭 갓 패이고 어린 제비 비껴날 때
남쪽 동산에는 석류화가 활짝 피었네.
푸른 창 아래에서 가위질하는 아가씨
치마를 만들려고 자줏빛 비단 자르네.

매실은 한껏 익고 가는 비는 보슬보슬
꾀꼬리 울고 나서 제비마저 날아다닐 때
이 봄은 간데없이 풍경조차 시들어 가는구나.
나리꽃 떨어지고 새 죽순이 뾰족뾰족.

살구가지 휘어잡아 꾀꼬리나 갈겨 볼까.
남쪽 창가에 바람 일고 쬐는 햇살은 더디어라.
연잎에 향내 뜨고 푸른 못물 가득한데
저 물결 깊은 곳에 원앙새 노는구나.

침상과 대나무 자리 너머로 보리밭 물결 일고
병풍에 그린 소상강에는 온통 흰 구름.
한껏 게을러 한낮의 꿈을 깨지 못하는데
창 가득 노을이 서쪽 하늘을 물들이네.

세 번째 폭은 가을의 풍경화였다.

쌀쌀한 가을바람 차디찬 이슬 맺고
달빛도 곱다만 물결은 파랗구나.
기러기 돌아갈 때 한 소리 또 한 소리
다시금 듣고 싶구나. 금정(金井, 묏구덩이를 팔 때 끝의 길이와 너비를 정하는
데에 쓰는 '井' 자 모양의 나무틀) 오동잎 지는 소리

침상 아래 벌레들이 찌르르 울어대니
침상 위의 미인은 눈물만 흘리네.
우리 낭군 떠나가신 먼 곳의 전쟁터
오늘밤 싸움터엔 달이 밝으려니.

새 옷을 만들려니 가위조차 서늘하네.
나직하게 아이 불러 다리미를 가져오게 하니
불 꺼진 다리미라 쓸 곳이 전혀 없어
가만히 피릿대로 꺼진 재를 헤쳐 보네.

작은 못에 연꽃 지고 파초잎 누런데
원앙 기와 위에는 첫서리가 하얗구나.
옛 시름 새 근심은 언제 끝나려나.
하물며 귀뚜라미 구슬프게 우는 것이랴.

네 번째 폭은 겨울의 풍경화였다.

매화나무 꽃가지 창문에 비치는데
바람 없는 난간에 달빛이 밝아오네.
화롯불 꺼질까 부저로 돋구는데
아이야 여기 와서 차나 끓여서 내놓으려무나.

밤 서리에 놀란 잎은 펄럭펄럭거리고
돌개바람 눈에 불어 골방으로 돌아올 때,
그리운 님 생각이 헛된 꿈이란 말인가.
빙하가 어디인가, 머나먼 옛 전쟁터.

살을 에이는 찬바람에 북쪽 숲을 할퀴고
달밤에 우는 까마귀 소리 더욱 쓸쓸하구나.
외로운 등불 아래 님 생각에 흘린 눈물
눈물이 실을 적셔 바느질을 멈추네.

한쪽 옆에 따로 작은 방 하나가 있었다. 그 속에는 휘장과 요, 이불, 베개가 아주 깔끔하게 정돈되어 있었다. 그리고 휘장 앞에는 사향을 피워 놓고 난향 기름의 등잔불을 켜 놓았다. 그 불빛이 휘황찬란하여 방 안이 대낮처럼 밝았다.

이생은 이 방에서 최랑과 함께 정다운 말을 주고받으며 며칠 동안 머물렀다.

어느 날 이생이 최랑에게 말하였다.

"옛 성인의 말씀에 '어버이가 계시면 놀러 나가도 반드시 가는 곳을 알려 드려야 한다'고 하였소. 그런데 내가 아침저녁으로 부모님께 문안 인사를 드리지 못한 지 벌써 사흘이나 지났소. 부모님은 아마 문 밖에 나오셔서 내가 돌아오기만을 기다릴 것이요. 이것은 자식된 도리가 아니오."

최랑은 서글퍼 하면서도 고개를 끄덕였다. 그리고는 이생이 담을 넘어 돌아갈 수 있게 해 주었다. 이생은 그 뒤로 밤마다 최랑을 찾아갔다.

이생이 멀리 떠나자 최랑이 병들다

어느 날 저녁 이생의 아버지가 물었다.

"네가 아침에 집을 나가 해가 저물어 돌아오는 것은 옛 성인이 남기신 어질고 정의로운 글을 배우기 위해서다. 그런데 요즘은 해가 저물면 집을 나가 새벽에 돌아오니 이게 어찌된 일이냐? 필시 나쁜 짓을 배워 남의 집 담장을 넘나들면서 꽃가지를 꺾고 있구나.

일이 만일 드러나면 남들은 내가 자식을 엄하게 가르치지 못하였다고 흉을 볼 것이다. 또 만일 네 놈이 만나는 그 아가씨가 지체 높은 집안의 딸이라면 반드시 너의 미친 짓 때문에 저쪽 가문을 더럽혀 남의 집에 누를 끼칠 것이야.

어허, 이 일은 작은 일이 아니야. 빨리 영남으로 내려가서 하인들을 데리고 농사 감독이나 하거라. 그리고 다시는 돌아오지 말아라."

이생은 이튿날 울주로 유배가듯 내쫓겼다.

최랑은 매일 저녁 정원에서 이생을 기다렸다. 하지만 여러 달이 되어

도 이생은 오지 않았다. 최랑은 이생이 병이 났나 보다 생각하였다. 그래서 향아를 시켜 몰래 이생의 이웃에게 물어보게 하였다.

이웃집 사람은 이렇게 말하였다.

"이도령은 아버님한테 죄를 얻어 영남으로 내려갔어요. 벌써 여러 달이라오."

최랑은 이 소식을 듣고 병이 나서 몸져누워 이리저리 뒤척일 뿐 일어나지 못하였다. 음식은커녕 물도 마시지 못하고 말도 헛소리뿐이었다. 얼굴은 뼈와 가죽만 남았다.

최랑의 부모는 이상하게 생각하여 병의 증상을 물었다. 그러나 최랑은 아무 말도 하지 않고 입을 꽉 다물고 있었다. 최랑의 부모는 딸의 글상자를 들추어 보다가 이생이 자기 딸의 시에 화답한 시를 발견하고 놀랐다.

"하마터면 내 딸을 잃을 뻔했구나!"

그리고는 최랑에게 물었다.

"이생이 누구냐?"

사태가 이 지경에 이르자 최랑은 더 이상 숨길 수 없었다. 목구멍에서 간신히 나오는 작은 소리로 부모에게 말하였다.

"아버지, 어머니! 저를 길러 주신 은혜가 깊어 감히 숨기지를 못하겠습니다. 가만히 혼자 생각해 보니 남자와 여자가 서로 사랑을 느끼는 것은 자연스러운 일로서 지극히 중대한 일입니다. 그러기에 '매실이 떨어지기 전에 결혼할 좋은 때를 잃지 말라'는 말이 『시경』의 「주남」 편에 있습니다. 또 여자가 장딴지에 먼저 느껴 경거망동(輕擧妄動, 깊이 생각해 보지도 않고, 경솔하게 함부로 행동함) 한다면 흉하다는 말이 『주역(周易, 중국 상고 시대의 제왕인 복희씨가 그린 괘에 대하여, 주나라 문왕·문왕이 쓴 글에 공자가 글을 덧붙여 완성한 책)』에 있습니다.

저는 연약한 몸으로 옛 사람의 간곡한 교훈을 생각하지도 않고 밤이슬에 옷을 적셔 남의 비웃음을 샀습니다. 풀 수 없는 정에 얽혀 음탕한 짓을 했습니다. 제가 지은 죄는 말할 것도 없이 귀중한 가문에 누를 끼치게 되었습니다. 게다가 야속한 낭군마저 한 번 떠나간 뒤로는 저의 원망만 사게 되었습니다. 연약한 제가 서러운 고독을 견디려 하니 설움은 매일 깊어만 가고 병이 들어 이제 죽을 지경이 되었으니 남은 것은 원통한 귀신이 되는 것뿐입니다.

아버지, 어머니! 만일 저의 소원을 풀어주시면 남은 목숨을 건질 것이나 소녀의 심정을 몰라주시면 남은 것은 죽음뿐입니다. 한 번 죽어 저승에서 이생을 만나 놀지라도 맹세코 다른 집에는 시집을 가지 않겠습니다."

이 말을 들은 최랑의 부모는 딸의 소원이 무엇인가를 분명히 알았으므로, 다시는 병의 증세를 묻지 않았다.

이생과 최랑이 혼인하다

최랑의 부모는 한편으로는 타이르기도 하고 한편으로는 달래기도 하면서 최랑의 마음을 누그러뜨렸다. 그리고는 제대로 격식을 갖춘 결혼을 시키고자 중매쟁이를 이생의 집에 보냈다.

그러나 이생의 집에서는 최랑의 집안 형편을 따졌다.

"우리 집 아이는 아직 철이 없어 비록 바람을 피우고 다녔지만 학문을 잘하고 모습도 뛰어나 언젠가 과거에 급제하면 귀한 사람이 될 거요. 그러니 너무 서둘러 결혼시킬 생각이 없소."

하며 거절하였다.

중매쟁이는 하는 수 없이 그 말을 최랑의 부모에게 전하였다. 그러나 최랑의 부모는 중매쟁이를 보내 다시 한 번 청혼을 하였다.

"아드님이 재주가 남보다 뛰어나다는 것은 누구나 다 알고 칭찬하고 있습니다. 물론 지금은 아직 과거에 오르지 않았지만 어찌 끝까지 연못 속의 물고기처럼 갇혀만 있겠습니까? 부디 좋은 날을 받아 두 사람을 결혼할 수 있게 해 주시지요."

중매쟁이는 다시 이 말을 이생의 부모에게 전하였다. 이생의 아버지는 비로소 자기 집안의 사정을 이야기하였다.

"나도 젊을 때부터 손에서 책을 놓지 않고 글공부만 했지만 이렇게 늙도록 성공을 못하였소. 게다가 하인들은 뿔뿔이 흩어지고 친척들의 도움도 받을 길이 없어 생활이 어렵고 집안 살림도 보잘것이 없소. 지금 들어보니 그 집안은 대단히 부귀한 집안이니 어찌 우리 같이 가난한 선비 집안이 서로 사돈을 맺을 수 있겠소? 이것은 남의 말 좋아하는 사람이 우리 형편을 지나치게 자랑하여 그 집을 속인 것이 분명하오."

중매쟁이는 이 말을 다시 최랑의 부모에게 알렸다. 최랑의 부모는,

"이쪽에서 결혼 예물과 혼수를 모두 마련할 테니 좋은 날을 받아 결혼을 할 수 있게 하시오."

하고 돌아온 중매쟁이를 다시 돌려 보냈다.

일이 이렇게 되자 이생의 집에서도 마음이 내켜 곧바로 사람을 보내어 이생을 불러들였다.

이생은 그 소식을 듣고 기쁨을 억제할 수 없어 이러한 시를 한 수 지었다.

> 깨진 이 거울이 다시 합칠 날이 왔네.
> 은하수 까막까치 칠월칠석 만났구나.
> 그립고 그립던 님 이제야 만나니
> 불어오는 봄바람에 접동새 서러워 말라.

최랑도 이 소식을 듣고는 병에 차도(差度, 병이 조금씩 나아가는 일)가 있었다. 최랑도 또한 이생의 시에 답하는 시를 지었다.

> 애꿎은 그 인연이 좋은 연분 되었구나.
> 마음 굳게 다진 맹세 끝내 이루게 되었네.
> 언제일까 님과 함께 화촉동방(華燭洞房, 신랑 신부가 첫날밤을 지내는 방) 만날 날이
> 아이야! 날 일으켜라. 경대 어디 두었느냐.

이리하여 결혼날이 다가오자 드디어 결혼예식을 갖추어 끊어졌던 거문고 줄은 다시 이어지게 되었다.

최랑과 이생은 결혼을 한 이후로 원앙새처럼 화목하여 서로 사랑하고 존경하며 손님을 대하듯이 극진히 아꼈다. 옛날부터 부부의 사이가 아주 좋았던 양홍과 맹광(양홍은 중국 한나라의 학자로, 아내 맹광이 방아를 찧어 남편을 도왔다고 함. 부부간의 사이가 좋은 것으로 모범이 되었다고 함)과도 같았고,

포선과 황소군(포선은 한나라 사람으로 황소군 아버지의 가르침을 받다가 사위가 됨. 황소군이 많은 재산을 가지고 시집 오자 포선이 이를 거절하여 검소하게 살았다고 함)과도 같았다.

이생은 그 다음 해 과거를 보아 높은 벼슬에 올랐다. 이생의 이름은 온 나라에 알려졌다.

최랑이 도적의 손에 죽다

바로 이때 신축년(辛丑年, 고려 때인 1361년(공민왕 10년) 홍건적이 송도로 쳐들어 와 공민왕이 경상북도 안동으로 피난함)이 되자 홍건적(紅巾賊, 중국 원나라 말기에 난을 일으켰던 도적의 무리. 붉은 두건을 머리에 둘러 홍건적이라고 부름)이 우리 나라에 쳐들어왔다. 홍건적은 송도까지 쳐들어와 왕은 복주(福州, 경상북도 안동군의 옛 이름)로 피난을 갔다.

도적들은 사방에서 집을 불사르고 사람을 죽이고 가축과 재산을 닥치는 대로 빼앗았다. 이생의 양가 부모와 친척들이 모두 난리를 피해 자기 목숨을 구하는 것조차 힘들었다.

이생도 가족을 데리고 어느 깊은 산골로 피난을 떠났다. 그런데 도중에 도적들을 만나고 말았다. 도적들은 칼을 뽑아 이생에게 달려들었다. 이생은 엉겁결에 도망하여 적의 손아귀에서 벗어났지만 최랑은 사로잡히고 말았다.

도적이 최랑에게 덤벼들자 최랑이 분노하여 큰 소리를 지르며 도적을 꾸짖었다.

"이 창귀(사람이 호랑이에게 먹혀 악귀가 되어 호랑이에게 먹을 것이 있는 곳을 안내해 주는 귀신) 같은 놈들아, 죽이려면 죽여라. 차라리 승냥이와 이리의 뱃속에 들어갔지 어째 개돼지 같은 놈의 짝이 되겠느냐?"

그러자 화가 난 도적이 최랑을 칼로 내리찍었다.

이생이 최랑의 죽음을 알고 슬퍼하다

한편 이생은 황폐한 들에 숨어서 간신히 목숨을 보전하다가 도적의 무리가 떠났다는 소식을 듣고 부모님이 살던 옛 집을 찾아갔다. 그러나 집은 이미 난리에 불타 버리고 없었다. 다시 아내의 집을 가 보니 거기에는 행랑채(행랑으로 쓰는 집채)만 휑하게 남았고 집 안에는 쥐들이 우글거리고 새들만 지저귈 뿐이었다.

이생은 슬픔을 이기지 못해, 작은 누각에 올라가서 눈물을 훔치며 길게 한숨을 쉬었다. 그리고 날이 저물도록 우두커니 홀로 앉아 지난 날의 즐겁던 일을 생각해 보니 모두가 한바탕 꿈과 같았다.

이생이 최랑과 다시 만나다

밤은 점점 깊어 밤 10시가 다 되었다. 달은 희미하게 빛을 내면서 지붕과 들보를 비추었다. 그때였다. 멀리 낭하(廊下, 건물 안의 여러 방을 연결하는 길이 되는 부분. 복도)에서 발자국 소리가 차츰 들려왔다. 그 소리는 먼 곳에서부터 차츰 가까워졌다. 다 왔구나 싶었을 때 바라보니 그것은 바로 최랑이었다.

이생은 최랑이 이미 죽었다는 사실을 잘 알고 있었다. 하지만 최랑을 너무도 사랑하는 마음에 의심하거나 이상하게 생각하지 않았다. 그래서 대뜸 물었다.

"어디서 피하다가 살아 돌아왔소?"

최랑은 이생의 손을 움켜잡고 한바탕 울었다. 그리고 그동안 있었던 일을 하나하나 이야기하였다.

"저는 원래 양갓집 딸입니다. 어려서부터 부모님의 가르침대로 자수와 재봉 일에 힘썼으며, 글도 좀 배웠지요. 오로지 집 안에서 여자로서의 예절만을 배웠을 뿐이니 어찌 바깥 세상을 알았겠습니까?

어쩌다가 우연히 살구꽃 무르익은 담장 밖을 내다보고 옥 같은 저의 청춘을 낭군에게 맡기게 되었던 것이지요. 꽃 앞에서 한 번 웃고 평생의 인연을 맺었으며, 별당 안에서 다시 백 년의 정을 나누었고요.

낭군과 함께 백 년을 같이 살려고 했는데 어떻게 도중에서 허리가 잘리고 시궁창 구렁텅이에 떨어지게 되다니요!

스스로 살점을 찢어 방바닥에 바르는 한이 있어도 도적에게서 저의 몸을 지켰습니다. 이 또한 제가 지켜야 할 본분이었지만 사람으로서는 차마 할 수 있는 일은 아니었어요.

그러나 서럽습니다. 깊고 깊은 산골에서 낭군과 한 번 헤어지니 짝 잃은 외기러기가 되었습니다. 집도 절도 다 타버리고 부모님 곁을 떠났으니 서러운 제가 의지할 곳이 없어졌습니다. 절개를 지키고자 이 목숨 바쳤으니 치욕을 벗어난 것만 해도 다행이지요.

하지만 누가 갈기갈기 찢어진 제 마음을 위로해 주겠나요? 잘게 끊어진 썩은 창자를 그저 모아 두었을 뿐입니다. 해골은 들판에 내던져졌고, 간담은 땅에 버려져 흙먼지를 덮어쓰고 있어요.

가만히 지난날 즐거웠던 일을 생각하면 오늘의 이 원통함이 더욱 깊어집니다. 그러나 추연(鄒衍, 중국 전국 시대 제나라 사람으로, 추운 지대에서 피리를 불어 기후를 따스하게 했다고 함)이란 사람이 피리를 불자 죽은 풀이 살아났듯이, 천랑(天狼, 중국 당나라 때 소설의 주인공으로 영혼이 되어 애인과 함께 살았음)의 영혼이 이 세상에 다시 왔듯이, 봉래산에서 맺은 백년 언약 굳게 얽혀 있습니다.

취굴(聚窟, 중국 서쪽 바다에 있다는 신선이 살고 있는 곳)에서 맺은 삼생(三生, 불교에서 전생과 금생, 후생을 이르는 말)의 인연 다시 향기를 내어 여기서 낭군을 다시 만나 뵈오니 지난날 우리가 맺은 맹세를 버리지 마세요.

잊지 않으셨으면 저와 함께 오랫동안 같이 지내 주세요. 낭군께서는 그렇게 해 주시겠습니까?"

이생은 기뻐하고 또 감격하였다.

"그건 정말 내가 바라는 바요."

두 사람은 다정하게 마주하여 마음속에 있는 것들을 이야기하였다. 그러다가 도적에게 빼앗긴 재산에 대한 말을 하였다. 최랑은 말하였다.

"하나도 잃지 않았어요. 어느 산의 골짜기에 묻어 두었어요."

이생이 또 물었다.

"우리 양쪽 집안 부모님들의 해골은 어디에 있소?"

최랑은 말하였다.

"그냥 버려져 있는 상태랍니다."

두 사람은 쌓인 정을 이야기한 다음 잠자리를 같이 하면서 옛날처럼 즐거운 생활을 하였다.

이튿날 최랑은 이생과 함께 재물이 묻혀 있는 곳으로 찾아갔다. 거기에서 금과 은 덩어리 그리고 약간의 재물을 찾아 내었다. 그리고 두 집 부모들의 시체를 찾아 내었다.

두 사람은 금과 재물을 팔아 오관산(五冠山, 개성 송악산 동쪽에 있는 산) 기슭에 부모들을 묻어 주고 묘비를 세웠다. 제물을 차려 제사를 지내는 등 자식된 도리를 다하였다.

그 뒤로 이생은 벼슬을 나아가지 않고 최랑과 함께 살았다. 그러자 피난을 갔던 하인들도 자기 발로 다시 찾아왔다.

이생은 갈수록 세상일에 관심이 적어졌다. 친척과 친구들에게 찾아가는 일도 하지 않았다. 바깥을 나가지 않고 집 안에 들어앉아 언제나 최랑과 함께 글이나 지으며 서로 주고받는 것을 즐거움으로 삼았다.

그들의 사랑은 더욱 두터워지는 가운데 어느덧 몇 해가 흘렀다.

이생과 최랑이 결국 헤어지다

어느 날 저녁 문득 최랑이 이생에게 말하였다.

"우린 세 번이나 다시 만나는 좋은 기회를 가졌습니다. 하지만 세상일이란 원래 마음대로 되지 않는군요. 이 즐거움을 다 누리기도 전에 이제는 헤어져야 할 때가 왔군요."

최랑은 말을 끝내기도 전에 그만 목이 메여 울기 시작하였다. 이생은 깜짝 놀랐다.

"무슨 이야기요?"

"운명은 피할 수가 없군요. 지난날 저와 낭군 사이의 인연이 끊어지지 않았고 또 우리들은 아무런 죄가 없으니 잠시 저를 낭군과 함께 못다 한 정을 다시 누릴 수 있도록 해 주신 겁니다. 하지만 저는 이 세상에 너무 오래도록 머물러 있을 수가 없습니다. 이 세상 사람들을 속일 수가 없어요."

최랑은 이렇게 말하면서 시녀를 시켜 술을 차려오게 하였다. 그리고 노래 한 곡조를 불러 이생을 위로하였다.

> 칼이 번쩍 창이 번쩍 이 나라 싸움터에
> 구슬처럼 깨어졌네 꽃잎처럼 떨어졌네.
> 짝을 잃은 원앙새여!
> 흩어진 이 해골을 누가 묻어 줄까.
> 피에 묻어 놀란 넋이 하소연할 데도 없구나.
>
> 무산선녀(巫山仙女, 얼굴이 매우 아름다웠다는 중국 전설 속의 선녀)가 되어
> 고당에서 내려와서
> 다시 만났지만 또 헤어져야 하니 서럽구나.
> 이제 헤어지면 가는 길 더욱 멀어지니
> 저승과 이승 간에 소식조차 없으리.

노래는 마디마디 울음이 뒤섞여 제대로 불러지지 않았다. 이생은 슬픔과 애달픔으로 견딜 수가 없었다.

"차라리 그대와 함께 저승으로 가겠소. 내가 어찌 외롭게 혼자 남아 살아갈 수 있겠소? 지난날에 난리를 겪은 뒤에 친척과 하인들이 전부 흩어지고 부모님 해골들이 벌판에 버려졌을 때 만일 그대가 아니었다면 누가 있어 그 해골들을 거두어 묻어 드릴 수 있었겠소? 옛 사람이 말하지 않았소. '살아 계실 적에 예를 갖추어 섬기고 돌아가셨을 때에도 예를 갖추어 장례를 한다'고. 이렇게 예절을 지킨 이가 바로 그대가 아니었소? 효성이 지극하고 애정이 극진하기 때문이오. 나는 그저 감격할 뿐, 내 스스로 부끄럽기만 하오. 부탁하오. 그대는 이 세상에 남아 나와 함께 백년을 살고 같이 땅에 묻힙시다."

최랑은 대답하였다.

"낭군의 수명은 아직 남아 있답니다. 저는 이미 귀신의 몸이니 더 이상은 여기에 있을 수 없습니다. 만일 이 세상에 계속 남아 있다가 이미 정해진 운명을 어기게 되면 저만 벌을 받는 것이 아니라 낭군에게까지 벌을 받습니다. 제 해골은 아직 그곳에 널려 있으니 혹시 염려가 되시면 그것이나 거두어 비바람을 가리게 해 주세요."

최랑은 말을 더 이상 잇지 못하고 이생만을 바라보고 하염없이 울었다.

"낭군님, 부디 몸조심하세요."

말이 끝나자 최랑의 몸이 점점 사라져 마침내 보이지 않았다. 이생은 최랑의 해골을 거두어 부모님 무덤 곁에다 묻어 주었다.

최랑의 장례를 치른 후 이생은 최랑에 대한 그리움으로 병에 걸려 두 달 만에 죽고 말았다. 이 이야기를 들은 사람들은 모두 불쌍하게 생각하고 슬퍼하면서 두 사람의 절개를 사모하지 않은 이가 없었다.

이야기 따라잡기

고려 말 송도 낙타교 근처에 18세 청년 이생이 살고 있었다. 이생은 매일 국학에 나가 글을 배웠는데 늠름하게 생겼고 재주도 남달리 많아 사람들의 시선을 많이 받았다. 또 선죽리에는 당시 유명한 가문의 외동딸 최랑이 살고 있었다. 최랑은 16세로, 얼굴이 아름답고 바느질도 잘하며 시도 잘 지었다. 개성 사람들은 이생과 최랑을 보고 아름답고 재주 있는 젊은이들이라고 칭찬하였다.

이생은 국학에 다니면서 언제나 최랑의 집 담장을 지나가게 되는데, 어느 날 이생이 몰래 담장 안을 들여다 보았더니 작은 별당 안에 한 아리따운 아가씨가 앉아 수를 놓다 말고 님을 그리워하는 내용의 시 한 수를 읊고 있었다. 시를 듣고 마음이 설렌 이생은 진정되지 않는 마음을 안고 글공부를 마치고 돌아오는 길에 시 세 편을 써서 담장 안으로 던진다.

최랑은 시녀 향아를 시켜 이생이 던진 종이 쪽지를 가져다 본다. 거기에는 최랑을 만나고 싶어 하는 간절한 마음이 담겨진 시가 적혀 있었다. 최랑은 기뻐하며 즉시 종이 쪽지에다 이생에게 의심치 말고 날이 저물면 찾아오라는 답글을 적어 담 밖으로 내보냈다.

어둠이 내려앉자 이생은 최랑과 약속한 장소로 갔다. 담장 밖에는 그넷줄이 드리워져 있었는데 이생은 조마조마한 마음으로 몰래 그넷줄을 타고 담장을 넘는다. 최랑은 사람들이 보지 않는 으슥한 곳에 자리를 만들고 이생에게 앉기를 권한다. 이생이 이 사실이 부모한테 알려질까 두렵다고 최랑에게 말하자 최랑은 얼굴빛을 바꾸면서 일이 탄로 나면 부모의 꾸지람은 자신이 전부 듣겠다고 말한다.

이날 밤부터 두 사람은 별당의 다락방에 올라가 즐겁게 이야기를 나눈다. 그러다가 하루는 부모님들이 많이 걱정할 것이 염려된 이생이 집에 갔다 오겠다고 하자, 최랑은 섭섭했지만 하는 수 없이 승낙한다. 집으로 돌아간 이생은 밤마다 최랑의 집 담장을 넘는다. 그러던 어느 날 이생의 아버지는 이생이 양갓집 아가씨와 연애하고 있다는 것을 눈치 채고 이생을 심하게 꾸짖고는 경상도 울주에 있는 농장으로 이생을 내려 보낸다.

밤마다 이생을 기다리던 최랑은 이생이 울주로 내려갔다는 사실을 알게 되자 병이 들어 자리에 눕고 만다. 최랑의 병이 점점 깊어지지만, 부모는 딸이 병든 이유를 몰라 속만 태운다. 하루는 최랑의 부모가 딸이 쓰던 상자를 뒤지다가 뜻밖에 최랑과 이생이 주고받은 시들을 발견한다. 부모가 이것에 대해 캐묻자 최랑은 더 이상 숨길 수 없어 그동안의 사연을 이야기한다. 최랑의 부모는 곧바로 이생의 부모에게 중매쟁이를 보내 두 사람을 결혼시키자고 한다. 이생의 부모는 자신들의 집안이 가난하여 부잣집 딸인 최랑을 며느리로 받아들일 수 없다고 거절하지만 최랑의 부모가 다시 간곡한 말로 부탁하여 결혼 승낙을 얻어 이생과 최랑은 결혼하게 된다. 이생과 최랑은 결혼 후 서로를 극진하게 대하고 존경하면서 살아간다. 이생은 결혼한 다음 해 과거에 합격하여 이후 높은 벼슬에 올랐으며 이름을 온 나라에 떨치게 된다.

얼마 후 북쪽에서 홍건적이 쳐들어 와 이생은 가족을 이끌고 어느 산골로 피난을 간다. 그러나 도중에 홍건적을 만나 가족과 헤어지고 이생은 다행히 목숨을 건지지만 최랑은 사로잡힌다. 최랑은 덤벼드는 홍건적에게 저항하다가 그들의 칼에 목숨을 잃고 만다.

홍건적이 물러가자 이생은 살던 집으로 돌아오지만 부모는 모두 홍건적의 손에 죽고 집도 불에 타 없어진 뒤였다. 이생은 비통한 마음으로 최랑과 처음 만난 뒤뜰의 다락으로 찾아간다. 이때 죽은 줄만 알았던 최랑이 나타난다. 최랑은 이생의 손을 잡고 한바탕 운 다음 그동안 있었던 일을 이야기한다. 최랑이 두 집 부모들의 시체가 있는 장소와 재산을 묻은 골짜기를 알려줘 이생은 부모들의 시신을 찾아 무덤을 만들어 주고 재산도 찾아낸다. 그 후 이생은 세상과 발길을 끊고 최랑과 함께 즐겁게 산다. 몇 해가 지난 어느 날, 최랑이 헤어져야 할 시간이 왔다고 하면서 자신의 해골이 있는 곳을 알려 준다. 그리고는 조용히 자취를 감춘다.

이생은 최랑의 해골을 거두어 부모의 묘지 옆에다 묻어 준다. 장례를 치르고 난 뒤 이생은 최랑을 그리워하며 두 달 만에 세상을 뜨고 만다. 사람들은 두 사람의 사랑과 굳은 절개를 두고 칭찬을 아끼지 않는다.

김시습

쉽게 읽고 이해하기

이생이 담장을 엿본 까닭은?

「이생규장전」의 주인공 이생과 최랑이 살던 시대는 고려 말이다. 그때에는 부모의 허락을 받아야 남자와 여자가 만날 수 있고 또 결혼할 수 있는 시대였다. 그런데 이생과 최랑은 자유롭게 만나 사랑을 나눈다. 두 사람은 그때로선 드물게 자유연애를 한 셈인데, 이렇게 자유로운 두 사람의 행동은 이 작품의 제목에서 잘 알 수 있다. '이생이 담장 안을 엿보는 이야기[李生窺牆傳]'라는 제목에서 담장은 무엇을 말하는 것일까? 그것은 넘어서는 안 되는 장소를 말한다. 이생과 최랑은 처음부터 주변의 생각과는 관계없이 해서는 안 되는 행동을 하면서 두 사람만의 자유로운 사랑을 한 것이다.

거듭되는 이생과 최랑의 만남과 헤어짐이 반복되면서 그들의 사랑을 방해하는 시도도 나타난다. 순수하게 시작된 이생과 최랑의 사랑은 이생 부모의 반대라는 벽에 부딪친다. 이생이 밤마다 외출하는 것을 알게 된 이생의 아버지는 옳지 못한 짓을 하고 있다며 이생을 멀리 울주로 보내 버린다. 이 사실을 알게 된 최랑은 병들어 눕고 만다. 최랑은 이생과 사랑하는 데 있어 이생보다 더 적극적이었다. 이생이 담장 안으로 들어올 수 있도록 그넷줄도 놓아 주고, 부모의 허락을 받지 않은 것을 두려워하는 이생에게 모든 책임은 자기가 지겠다고 딱 잘라 말한다. 그 말대로 최랑은 부모에게 이생과 맺어지지 않으면 죽겠다고까지 한다. 최랑의 태도 덕분에 두 사람은 결혼을 허락받고 다시 만난다. 그리고 이생은 벼슬까지 하게 되고, 둘은 행복한 결혼생활을 하게 된다.

이러한 행복도 잠시뿐. 홍건적의 난이 일어나 최랑이 홍건적에게 죽는 사건이 일어난다. 두 번째 헤어짐은 첫 번째 헤어짐에 비해 이생이 도저히 극복할 수 없는 것이다. 이생은 최랑에 대한 그리움만 간직한 채 마냥 슬퍼할 수밖에 없다. 그러한 이생에게 최랑이 사람의 모습으로 다시 나타난다. 이생의 깊은 슬픔과 아쉬움이 최랑을 다시 나타나게 하는 힘이 된다. 두 사람은 아직 다하지 못한 사랑을 나누며 세상과 인연을 끊고 처음 만난 그 담장 안의 별당에서 꿈같은 시간을 보낸다.

사랑은 죽음을 넘어서는 것인가?

이생과 최랑의 세 번째 만남은 이제 세 번째 헤어짐을 앞두게 된다. 이번의 헤어짐은 두 사람도 어찌할 수 없는 이승과 저승으로 갈라지는 헤어짐이다. 더욱이 최랑과 헤어진 후 두 달 만에 죽은 이생의 모습은 삶과 죽음의 경계선을 넘어 최랑을 쫓아가는 애절한 사랑을 한눈에 보여 준다. 이생은 목숨보다 최랑에 대한 절개를 더욱 중요하게 생각한 것이다.

「이생규장전」은 한문으로 쓰여진 짧은 이야기이지만, 「만복사저포기」와 같이 치밀하게 짜여진 훌륭한 작품이다. 주인공들의 세 번에 걸친 만남과 헤어짐에서 작품의 비극성이 더욱 강해지는데, 이러한 드라마틱한 전개가 『금오신화』 가운데 가장 예술성이 높다는 평가를 받게 하고 있다.

작가는 이생과 최랑의 이야기를 통해 간절한 소망과 사랑은 죽음과 같은 절대적인 장벽, 즉 담장을 넘어서까지 이어질 수 있고, 또 마땅히 그렇게 되어야 한다는 것을 보여주고 있다. 따라서 이 작품은 삶과 죽음의 경계선을 넘어선 남녀의 간절한 소망과 사랑을 잘 형상화한 작품이라고 할 수 있다.

현재를 잃어버리는 것은 모든 시간을 잃어버리는 것이다.

— 영국 격언

「취유부벽정기」는

인간 세상의 일들이 얼마나 덧없는가를 이야기하는

한편, 기자조선과 위만에 얽힌 역사 이야기를

비유로 들어 왕위를 빼앗은 세조의 행위를

비판하고 있는 소설이다.

취유부벽정기

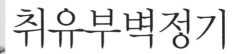

달은 차고 또 기우는데
인생이란 얼마나 하루살이 같은지.

등장인물

홍생 부자 상인의 아들로 잘생기고 글을 잘하는 젊은 선비다. 개성 사람으로, 장사를 하기 위해 평양으로 왔다가 밤에 흥에 겨워 홀로 배를 타고 부벽정에 올라 시를 읊조리고 춤을 추는 등 풍류를 즐길 줄 아는 젊은이다. 그는 부벽정에서 기자의 후예라는 미인을 만나 밤새도록 시를 주고받다가 헤어진다. 그 후 미인을 그리워하다가 병을 얻고, 꿈에 신선이 될 거라는 말을 듣고는 세상을 떠난다. 죽은 뒤에도 얼굴빛이 변하지 않자 사람들은 그가 신선이 되었을 거라고 믿는다. 그는 미인을 통해 인간 세상의 덧없음을 깨닫게 되고 미인과 함께하는 삶을 바라다가 결국 그 뜻을 이루는 인물이다.

미인 옛날 은나라 왕의 후예인 기씨의 딸이다. 기자조선의 마지막 왕인 준왕이 위만에게 나라를 잃자 절개만은 지키기로 마음먹고 죽음만을 기다린다. 이때 신선이 된 시조를 만나 신선의 세계에서 불사약을 먹고 세상의 명승지를 구경하며 지낸다. 그 후 월궁 항아에게 굳은 절개와 글 잘한다는 칭찬을 받고 향안을 받드는 선녀가 된다. 어느 날 고향 생각이 나서 조상의 묘를 찾아왔다가 부벽정에서 과거를 생각하고 슬퍼하다가 홍생을 만나 회포를 풀게 된다. 그녀는 홍생과 헤어진 뒤 옥황상제에게 청하여 그를 하늘로 불러올리는 데 성공하는 적극적인 인물이다.

취유부벽정기

홍생이 평양에 오다

평양은 고조선의 도읍지였다. 주(周)나라 무왕(武王)이 상(商)나라(은(殷)나라)를 정복하였을 때 상나라 대신인 기자(箕子)가 항복하지 않자 무왕이 그를 찾아갔다. 기자가 무왕에게 홍범구주(洪範九疇, 우 임금이 정치 대법을 집대성한 아홉 가지의 법칙. 『서경(書經)』에 기록되어 있음)의 법을 일러 주었다. 그러자 무왕이 기자에게 조선을 주어 다스리게 하였는데, 기자를 신하로 여기지 않고, 조선을 독립된 나라로 인정하였다.

평양의 명승지로 북쪽에는 금수산(錦繡山), 서쪽에는 봉황대(鳳凰臺), 동남쪽에는 능라도(綾羅島), 부벽정(浮碧亭, 금수산 모란봉 아래의 대동강가에 있는 누각인 부벽루의 다른 이름) 아래에는 기린굴(麒麟窟), 조천석(朝天石, 기린굴 남쪽에 있는 바위. 동명왕이 이곳에서 승천했다고 함), 추남허(楸南墟, 추남터) 등을 꼽을 수 있는데, 그 가운데서도 영명사(永明寺, 부벽루의 서쪽 기린굴 위에 있는 절), 부벽정이 유명하였다.

영명사는 고구려 동명왕(東明王, 고구려를 처음 세운 왕)의 구제궁(九梯宮) 터에 있었다. 평양성 성밖에서 동북쪽으로 20리쯤 떨어진 곳에 있다. 이곳에서 굽이굽이 흘러가는 긴 강을 내려다보며 끝없이 아득히 펼쳐져 있는 넓은 들판을 바라볼 수 있었다. 참으로 빼어난 경치였다.

날이 저물어 그림 같은 놀이배와 장삿배가 대동문(大同門, 평양성의 동쪽 문) 너머에 있는 버드나무 숲이 우거진 물가에 배를 멈춘 뒤, 사람들이 으레 강물을 따라 올라와서 이곳을 즐겁게 구경한 후에 돌아가곤 하였다.

부벽정 남쪽에는 돌을 깎아 만들어 놓은 돌계단이 있는데, 왼쪽은 청운제(靑雲梯), 오른쪽은 백운제(白雲梯)라 하였다. 돌에다 글자를 새기고 화주(華柱, 돌기둥)를 세워 구경꾼들의 흥미를 끌었다.

천순(天順) 초년(천순은 중국 명나라 영종의 연호임. 천순 초년은 조선 세조 2년 (1457년)에 해당함), 개성에 부잣집 아들 홍생(洪生)이 살고 있었는데, 나이 어리고 잘생겼으며 문장도 뛰어났다.

홍생은 팔월 한가위날을 맞아 친구들과 함께 무명실을 사려고 배에 베와 비단을 싣고 평양에 갔다. 그가 대동강가에 배를 대자 성 안의 이름 있는 기생들이 모두 성문 밖으로 나와 그에게 눈길을 주었다.

성 안에 사는 사람으로 오래전부터 친하게 지내던 이생(李生)이 잔치를 벌여 그를 맞이하였다. 홍생이 술이 거나하게 취해 배로 돌아왔는데 밤 공기가 서늘하자 잠이 오지 않았다. 문득 옛날 장계(張繼, 중국 당나라의 시인)가 지은 「풍교야박(楓橋夜泊, '단풍 든 다리 난간, 밤에 배를 매어 놓고' 라는 뜻)」이라는 시를 떠올리며 맑은 흥취를 참을 수 없어 작은 배를 타고 달빛을 가득 받으며 노를 저어 강물을 따라 올라갔다. 흥이 사라지면 돌아올 생각이었다. 이윽고 부벽정 아래에 이르렀다.

홍생이 부벽정에 올라 탄식하며 시를 읊다

홍생은 닻줄을 갈대숲에 매어 두고는 돌계단을 밟고 정자에 올라갔다. 난간에 기대어 경치를 바라보며 낭랑한 목소리로 시를 읊었다. 때마침 달빛은 환하고 물결은 흰 비단 같이 곱게 흔들렸다. 기러기는 물가 모래벌에서 울고 학은 소나무에 떨어진 이슬에 놀라 푸드득 날아오르며 우는데, 마치 하늘 위 옥황상제가 계신 곳에 온 듯싶었다.

한편 옛 도읍지를 돌아보니 낮게 쌓은 하얀 담장에는 연기가 끼어 있고 외로운 성에 물결 부딪치는 소리만 철썩거릴 뿐이었다. 그는 「맥수은허(麥秀殷墟, 나라를 잃은 슬픔. 기자가 은나라의 도읍터에 무성히 자란 보리를 보고 탄식하며 지은 노래의 이름)」를 생각하고 탄식하며 여섯 수의 시를 잇달아 읊었다.

허무한 마음 이기지 못하여
패강(浿江, 강 이름으로 여러 설이 있으나, 여기서는 대동강을 가리킴) 정자 위
에 홀로 올라 읊으니
구슬픈 강물 소리는 애끊는 듯하구나.
옛 도읍터에는 씩씩한 기운은 간데없고
황폐한 성터는 지금까지 봉황의 모양을 간직하였네.
강가 모래에 달빛 어리니 기러기는 갈 길 잃고
연기 걷힌 뜰 안 풀숲에 반딧불만 날고 있네.
풍경은 쓸쓸하고 세상은 바뀌었는데
추운 산속 절에서 종소리만 들려오는구나.

옛 궁궐 안을 바라보니 가을 풀만 쓸쓸한데
구름 가린 돌계단은 길조차 아득해라.
기생과 놀던 옛터에는 잡초만 무성하고
담 너머 희미한 새벽 달빛에 밤까귀 우지진다.
풍류는 간데없고 먼지만 남았구나.
적막한 외로운 성 안에는 가시넝쿨만 덮여 있네.
오직 강물만은 옛 모습 그대로 출렁이니
도도히 흘러내려 서쪽 바다로 향하는구나.

패강물, 쪽빛처럼 푸른데
오랜 세월 동안의 흥망(興亡)을 탓하면 무엇하리.
금정(金井, 일반적인 우물, 또는 우물이 있는 집)에 물 마르고 담쟁이만 드리워졌네.
돌담에는 이끼가 끼어 있고 능수버들만 늘어졌네.
타향의 좋은 풍경에 천 편의 시로 읊었고
옛 왕조를 회상하며 마신 술이 취하는구나.
달빛이 밝은 탓인가 잠은 오지 않고
밤이 깊을수록 계수나무 그림자 길어지네.
한가위 달빛이야 곱고도 고운데
외로운 옛 성터를 바라볼수록 슬픔이 솟구치네.
기자묘(箕子廟, 평양성 안에 있는 기자의 사당. 고려 시대 숙종 때 지었고, 조선 시대 세종 때 비를 세웠음) 뜰 앞에는 큰 나무 늙어가고
단군사(檀君祠, 단군의 사당. 조선 시대 세종 때 세워져 봄가을로 제사를 지냄) 벽 위에는 담쟁이가 얽히었네.
옛날 영웅의 자취 없으니 지금 모두 어디 있는가.
듬성듬성 서 있는 나무들은 몇 해나 되었는가.
오직 그 옛날의 둥근 달만 남아 있어

맑은 빛이 흘러내려 내 옷깃을 비추네.

동산에 달이 뜨자 까막까치 날고
깊은 밤에 찬 이슬은 내 옷 속으로 스며들어,
천 년 전 살던 모습은 간데없고
오랜 세월을 견딘 산과 물이지만 성곽만은 사라졌네.
동명성왕은 승천하셨는지 지금까지 돌아오지 않고
세상에 전한 말씀, 그 누가 전해 줄까.
그가 타던 금수레와 기린마 어디로 가 버렸는가.
풀 우거진 옛길 위에 중만 홀로 지나가네.

뜰에 돋은 풀 가을 이슬에 시들었고
청운교 백운교는 마주 보고 걸려 있네.
수나라 병사들의 원혼이 구슬피 우는 여울목(고구려 영양왕 때 수나라 군사 10
만이 침범하였다가 청천강에서 크게 패한 사실을 가리킴)
가을 매미 울음소리는 동명왕의 넋일까.
말 달리던 길, 연기에 묻히고 수레 자취도 끊어졌는데
동명왕 행궁(行宮, 임금이 나들이할 때 묵던 별궁)터의 소나무 우거진 곳에
저녁종이 흔들리네.
높이 올라 시를 읊지만 누가 함께 들어줄까.
달은 밝고 바람이 맑으니 흥은 사라질 줄 모르네.

홍생이 시를 다 읊고 난 뒤 손가락을 어루만지며 일어나서 춤을 추었다.
그리고 한 구절을 읊을 때마다 슬픔을 못 이겨 흐느껴 울었다. 비록 퉁소
와 노래의 연주는 없었지만, 구슬픈 운율은 깊은 물에 잠긴 용을 춤추게
하고, 외로운 배에 탄 과부(寡婦)를 울릴 만하였다. 어느덧 밤이 깊어 돌아

가려 하니 때는 이미 삼경(三更, 오후 11시부터 이튿날 오전 1시까지)이 되었다.

홍생이 미인의 초대를 받다

이때 서쪽에서 갑자기 발걸음 소리가 들려왔다. 누군가 다가오는 것 같았다. 홍생은 속으로,

'아마 시 읊는 소리를 듣고 절에 있는 중이 찾아오는 것이겠지?'

하고 앉아서 오는 사람을 기다리니, 나타난 사람은 뜻밖에도 아름다운 한 여인이었다. 양쪽에는 머리를 갈라 땋은 두 명의 시녀가 따랐는데, 한 사람은 옥자루가 달린 불자(拂子, 중국산 얼룩소의 긴 꼬리를 묶어 자루를 단 먼지털개. 먼지를 털거나 곤충을 쫓을 때 사용하기 위해 중이 지녔던 물건)를 받쳐들 었고 또 한 사람은 얇은 비단 부채를 들고 있었다. 미인은 몸가짐이 점 잖고 차림새가 단정하여 귀한 집안의 처녀 같았다.

홍생이 자리에서 일어나 계단에서 내려와 담장 옆에 몸을 피하고 그녀 의 모습을 엿보았다. 그 미인은 남쪽 난간에 기대어 서서 달빛을 바라보 며 조그만 소리로 시를 읊었다. 그 풍류스러운 태도에는 엄숙함과 얌전 함이 깃들어 있었다. 시녀가 비단 방석을 펴자 미인이 얼굴빛을 고치고 그 자리에 앉더니 낭랑한 목소리로 말하였다.

"여기서 방금 누군가의 시 읊는 소리가 났는데, 그 사람은 어디로 간 것일까? 나는 달밤에 나타나는 요괴도 아니고 연꽃을 밟고 다니는 귀신 도 아니다. 다만 오늘밤 구름 한 점 없는 하늘에 달이 둥실 솟았고 은하 수는 하늘 위로 길게 뻗었으며, 계수나무 열매는 떨어지고 백옥루(白玉

樓, 달 속에 있다는 백옥으로 만든 누각. 경루(瓊樓)라고도 함)의 그림자가 기울어진 이때, 한 잔 술을 마시고 시 한 수 읊으며 그윽한 정을 이야기하려 했건만, 이같은 좋은 밤을 어떻게 보내야 하겠는가?"

이 말을 들은 홍생은 한편으론 기쁘고, 다른 한편으로는 두렵기도 하여 어찌할까 망설였다. 그러다가 이내 헛기침 소리를 내었다. 미인은 소리가 나는 곳으로 시녀를 보내어 청하였다.

"아씨께서 모시고 오라십니다."

홍생은 시녀를 따라 그녀의 앞에 나아가 절을 하고 무릎을 꿇고 앉았다. 미인은 그다지 공손한 태도를 보이지 않고 말하였다.

"여기 편히 앉으시오."

미인이 시녀를 시켜 낮은 병풍으로 그들 앞을 가려 단지 얼굴 반쪽만 서로 볼 수 있게 하였다.

미인이 말하였다.

"조금 전에 그대가 읊은 시는 무엇을 의미한 것입니까? 의아하게 생각지 말고 나에게 다시 설명해 주시겠어요."

홍생이 곧 그 시를 빠짐없이 다시 들려 주었다. 미인이 웃으면서 말하였다.

"그대와는 시에 대해 이야기를 나눌 수 있겠군요."

미인이 시녀에게 술상을 차려오게 하였다. 차려 놓은 음식들은 인간 세상의 것들과는 달라 보였다. 시험 삼아 씹어 보았지만 딱딱하여 먹을 수가 없었다. 술맛 역시 쓰기만 하여 마실 수가 없었다.

미인이 한 번 빙긋이 웃으면서,

"인간 세상에 살던 선비가 백옥례(白玉醴, 신선이 마시는 술)와 홍규포(紅虬脯, 용의 고기를 말려 만든 포)를 알겠습니까."

하고는 시녀에게 말하였다.

"얘야, 빨리 신호사(神護寺, 평양 서남쪽 4리 창관산에 있는 절)에 가서 절밥을 조금만 빌려오너라."

잠시 후 시녀가 얼른 절밥을 얻어왔으나 간장이 없었다. 또 시녀를 시켜 주암(酒巖, 평양 동쪽 90리에 있는 바위 이름. 바위 아래에는 용이 살고 있다고 함)에 가서 간장을 얻어오게 하였더니, 얼마 안 되어서 구운 잉어 한 마리를 가져왔다.

미인이 홍생에게 화답시를 건네다

홍생이 그 음식을 먹는 동안 미인은 홍생의 시에 답하는 시를 계수나무 잎에 써서 시녀를 시켜 홍생에게 건넸다.

오늘밤 동쪽 정자에 달빛이 더욱 밝구나.
한없는 맑은 얘기에 이는 느낌이 어떠한가.
듬성듬성 서 있는 나무들, 푸른 일산(日傘)처럼 펼쳐 있고
잔잔한 강물은 흰 비단을 두른 듯하구나.
흐르는 세월은 마치 나는 새와 같이 빠른데
세상 일은 굽이치는 물결처럼 변하고 변하였겠지.
이 밤의 깊은 정을 누가 알아줄까.
깊은 숲 풍경(風磬, 처마 끝에 달아 바람에 흔들려 소리가 나게 하는 경쇠. 경

쇠는 옥이나 돌로 만든 악기의 하나) 소리만이 울려오네.

옛 성 남쪽을 바라보니 대동강이 여기로구나.
푸른 물결, 하얀 모래에 기러기 떼 울고 가네.
기린마는 오지 않고 용은 이미 떠났으니
퉁소리 이미 그치고 남겨진 것은 흙무덤뿐이구나.
맑은 바람이 비를 몰아내자 시흥(詩興, 시를 쓰고 싶은 마음. 시심을 일어나게
하는 흥취)이 절로 일어나니
인적 없는 절도 술 한 잔에 반쯤 취한 듯
술 속에 빠진 청동 낙타(한 시대의 영화로움이 허무하게 몰락하는 것을 뜻함.
당태종의 지시로 방현령 등이 편찬한 진왕조의 역사책인 『진서(晉書)』의 '색정전
(索靖傳)'에서 인용한 것임), 가시넝쿨에 묻혔으니
천 년의 영화로움은 뜬구름이 되었구나.

풀 아래에서 풀벌레 슬피 울어대고
높은 정자에 올라서니 생각만 아득하네.
비 갠 뒤 구름 끼니 옛일이 슬프구나.
흐르는 물에 떨어진 꽃, 세월을 느끼게 하네.
깊어지는 가을날 밀물 소리 더욱더 웅장하고
누각 잠긴 저 강물에 달빛마저 처량한데
옛날에 이곳은 그 얼마나 화려했는가.
무너진 성, 우거진 나무들이 남의 애를 끊는구나.

금수산 아래라서 비단을 덮었는지
강가의 단풍나무 옛 성터를 비춰주네.
가을밤 다듬이 소리 유달리 요란하구나.

어영차 뱃노래에 고깃배가 돌아오네.
바위에 기댄 고목 담쟁이는 얽혀 있고
숲 속에 누운 부러진 비석엔 이끼 가득 끼었구나.
말없이 난간 잡고 옛일을 가슴 아파하니
달빛과 물소리가 슬픔을 자아내네.

성긴 별은 몇 개인가, 푸른 하늘이 속삭이네.
은하수 옅고 맑으니 달빛이 더욱 분명하네.
옛날의 영광도 이제는 모두 헛것이구나.
저승을 알 수 없어 이승에서 만났구나.
술 한 동이 가득 부어 취해 보면 어떠할까.
속세에 묻힌 인간, 인정에 얽매이지 마세.
만고의 영웅들도 흙 속에 묻혔는데
세상에 헛되이 남긴 것은 죽은 뒤의 이름뿐이구나.

이 밤이 어찌 이리 깊어만 가는가.
낮은 성벽 위에 걸린 달은 둥글어 가네.
그대는 지금부터 속세를 떠났으니
나와 함께 마음껏 즐기리라.
강 위의 백옥루가 사람들과 헤어지려 하니
뜰 앞에 고운 나무에는 이슬이 처음 내리는데
이후 다시 만날 날을 알고 싶거든
봉래산 복숭아(신선들이 먹는 복숭아. 삼천 년에 한 번씩 열매를 맺는다고 함)
가 익고 푸른 바다가 말을 따라가네.

홍생이 미인과 헤어지기 섭섭해 하다

홍생이 시를 받아 읽고 난 뒤에, 그녀가 빨리 돌아갈까 봐 두려워하며, 계속 이야기를 나누고 싶어 물었다.

"그대의 성씨와 가문이 어떠한지 저에게 알려 주실 수 있겠습니까?"

미인이 한숨을 쉬고 말하였다.

"그러지요. 나는 본래 옛날 은나라 왕의 후예인 기씨(箕氏)의 딸이오. 선조 기자(箕子, 은나라 멸망 후 고조선에 가서 기자조선을 세운 사람)께서는 처음 이 땅에 오셔서 모든 예절과 문화를 한결같이 성탕(成湯, 고대 중국의 전설적인 임금)의 가르침에 따라 발전시키려고 팔조(八條)의 금법(禁法, 8개의 조항으로 이루어진 법률)을 세우셨지요. 그리하여 천여 년 동안 문화가 찬란하였는데, 갑자기 나라의 운이 기울고 재앙이 닥쳐오자 우리 선고(先考, 남에게 돌아가신 자신의 아버지를 일컫는 말) 준왕(準王, 기자조선의 마지막 왕. 기원전 2세기경 중국 하북지방의 위만에게 나라를 빼앗기고 마한 땅으로 가서 한왕이 되었다고 함)께서는 평범한 사람에게 패하여 드디어 나라를 잃으시고, 위만(衛滿, 위만조선의 창시자. 중국 연나라 사람으로, 많은 유민들을 거느리고 기자조선에 귀순하였다가 역모를 꾸며 나라를 빼앗음)이 틈을 타서 왕위를 차지하니 기자조선의 왕위가 여기서 끊어지고 말았답니다.

내 비록 나라를 빼앗기고 의지할 곳 없는 연약한 몸이었지만 절개만은 지키기로 마음먹고 죽음만을 기다렸지요. 그런데 마침 거룩한 선인이 나타나셔서 나를 어루만지면서, '내 본디 이 나라의 시조(始祖, 한 집안이나 왕족의 가장 첫 번째 사람)이다. 왕위에서 물러난 뒤에 신선이 사는 섬에 가서 신선이 된 지 벌써 몇천 년이 되었다. 너도 나와 함께 신선의 세계에 올라가 살겠느냐?'고 하시기에 곧 따라나섰지요. 그분은 나를 데리고 자기가 살고 있는 곳에 이르러 별당을 지어 주고, 또 나에게 삼신산의 불사약을 주셨답니다. 이 약을 먹고 나니 갑자기 몸이 가벼워지고 기분이 상쾌해져서, 공중에 높이 떠서 우주를 굽어보며 세계의 명승지를 빠짐없이 구경하였습니다.

어느 날 가을 하늘이 맑고 유난히 밝자, 별안간 멀리 날고 싶어지더군요. 그래서 달나라로 올라가서 광한전에 있는 수정궁 안으로 가서 항아(姮娥, 달나라에 산다는 아름다운 선녀)를 뵈었어요. 항아께서는 내 절개가 곧고 문장을 잘한다는 것을 알고 칭찬하며, '아래 세상에 있는 신선의 세계가 아무리 좋다고 하지만 모두 번잡함을 피할 수 없는 속세일 뿐이오. 어찌 하늘나라에서 백로를 타고 붉은 계수나무의 맑은 향기를 맡으며, 푸른 하늘과 어울려 옥경(玉京, 옥황상제가 산다는 하늘나라의 수도) 위를 노닐고, 은하수에서 헤엄치는 것과 같겠느냐?'하고는, 즉시 나를 향안(香案, 옥황상제 앞에 놓은 향로를 받치는 상)을 받드는 시녀로 삼아 곁에 있게 해 주니, 그 기쁨을 이루 다 말할 수 없겠습니다.

그런데 오늘밤 갑자기 고향 생각이 간절하여 인간 세상을 내려다보니, 산천은 그대로이나 사람은 옛사람이 아니었어요. 밝은 달은 연기와 먼지를 가리고 맑은 이슬이 흙과 잡초를 씻었지요. 옥경을 잠시 떠나 슬며시 아래로 내려와 조상님 묘를 찾아간 후 강가에 있는 부벽정에 올라 시름을 달래려 하였는데 마침 당신을 만나 한없이 기쁘기도 하고 또한 부끄럽기 짝이 없네요. 더구나 무딘 붓을 들어 아름다운 시에 답하기는 하였지만, 시라고 하기엔 부끄럽습니다. 그저 마음속에 품은 생각을 표현한 것뿐이지요."

홍생이 미인에게 가르침을 청하다

홍생은 두 번 절하고 머리를 숙이며 말하였다.

"속세에 사는 어리석은 백성이니 초목과 함께 썩는 것이 마땅합니다. 어찌 왕손이신 선녀님과 시를 화답하리라고 꿈엔들 바랐겠습니까?"

홍생은 자리에 앉았다. 미인의 시는 이미 한 번 보고 기억한 터라 다시 엎드려 말하였다.

"인간 세상의 모든 것을 버리지 못한 저로서는 이렇게 차려 주신 신선세계의 음식도 먹지 못합니다. 다만 글자를 조금 알고 있어 선녀께서 내려 주신 시를 읊어 보고 이해할 수 있을 뿐입니다. 네 가지 아름다움과 두 가지 만나기 어려운 일을 갖추기는 어려운 법인데, 모두 갖추었으니 참으로 기이한 일입니다. 부디 '강정추야완월(江亭秋夜玩月, 강가 정자에서 가을밤에 달을 감상한다는 뜻)'로 제목을 삼아 40운(韻)의 시 한 수를 지어 저를 깨우쳐 주십시오."

미인이 고개를 끄덕이고는 붓에 먹을 찍어 한 번에 써내려갔다. 그 모양이 마치 구름과 연기가 서로 찬란히 얽힌 듯하였다.

달 밝은 밤 부벽정
높은 하늘에서는 옥 같은 이슬 내리네.
맑은 빛은 은하수에 잠기니

상서로운 기운이 오동나무와 가래나무를 덮었구나.

밝고 깨끗한 삼천 리 강산에

곱고 고운 십이루(十二樓, 신선들이 산다는 열두 개의 누각)

비단 구름은 티끌 하나 없는데

산들바람은 두 눈을 스쳐가네.

넘실넘실 흐르는 물 위에 잔물결 일고

띄엄띄엄 떠나가는 배가 아스라이 사라지네.

가난한 선비의 쑥대집 문틈으로 엿보고

물가의 갈꽃 살짝 비추는데.

예상곡(霓裳曲, 월궁의 음악을 모방했다는 악곡으로, 달나라의 음악을 가리킴)
가락이 들리는 듯

옥도끼로 다듬은 것을 보는 듯

진주조개는 패궐(貝闕, 조개로 장식한 궁궐. 용궁을 가리킴)에

물소떼는 염부(閻浮, 염부주. 수미산 남쪽 바다 가운데 있는 염부나무가 무성
한 큰 섬. 인간 세계를 가리키기도 함)로 지미(知微, 중국 당나라의 유명한 도사
조지미. 도술로 장마 중에도 달을 보며 즐겼다고 함)와 달을 보고

공원(公遠, 중국 당나라의 유명한 도사 나공원. 지미와 함께 놀았다고 함)과도
놀아보세.

달빛에 위나라의 까막까치(중국의 위나라 조소의 시 중 "달 밝고 별 총총한데
까막까치 남으로 가네"라는 구절)가 놀라 날고

오우(吳牛, 중국 오나라 소. 오나라는 더운 지방이라서 소가 달을 보고도 태양
인가 하여 헐떡인다고 함)는 달그림자에 헐떡이네.

은은한 저 빛 푸른 산의 둘레를 비추고

둥글둥글 푸른 바다 모퉁이에 걸렸네.

그대와 함께 문을 열고

흥 따라 주렴을 거둬 보세.

이백(李白, 중국 당나라의 시인. 이백의 시 「파주문월(把酒問月)」 중 "푸른 하늘에 달이 뜬 지 얼마나 되었나, 나 지금 잔 멈추고 달에게 한 번 물어 보네"라는 구절)은 술잔 멈추고

오강(吳剛, 중국 한나라 때 사람으로, 신선술을 배우다가 잘못을 저질러, 달나라에 귀양 가서 계수나무를 베었다고 함)은 계수나무 베었고

흰 병풍은 빛이 찬란하고

비단 휘장 곱게 수놓았네.

보배 거울은 걸려 있고

얼음 바퀴는 구르는데

잔잔한 금빛 물결은

어찌 그리 온화한가.

은실이 길게 뻗어 있는 것도 같구나.

칼을 뽑아 달을 먹는 두꺼비를 베려나

비단 그물로 교활한 옥토끼를 잡아 보세.

먼 하늘에 비가 개고

오솔길에는 옅은 안개가 걷혔네.

누각을 둘러싼 천 그루 나무들

돌계단에 서서 만 길 못 굽어보네.

누가 머나먼 길에서 길을 잃었는가.

이곳에서 다행히 고향 친구를 만났네.

복숭아꽃과 오얏꽃은 서로 봄을 알리니

옥술잔을 들어 서로 권하며 받아 마시네.

각촉(刻燭, 초에 금을 새겨놓고 그 눈금까지 타들어가기 전에 무엇인가를 겨루는 것. 옛날 선비들이 일정한 운을 놓고 시를 지을 때 주로 사용하였다고 함)을 다투며 좋은 시를 짓고

나뭇가지로 수를 세면서 맛좋은 술을 마시네.

화로 속에서 숯덩이가 타들어가니
솥 안에서는 물이 끓어 넘치네.
향불 연기는 향로에서 날아오르고
맑은 술은 항아리에 가득 찼네.
학의 울음소리에 외로운 소나무가 깨어나고
사방 벽에서 귀뚜라미 울음소리가 들리네.
의자에 앉아 나누던 이야기가 끝나면
먼 물가로 나아가서 노닐어야겠네.
황폐해진 성(城)은 흐릿하게 보이고
쓸쓸한 풀과 나무는 빽빽하기만 하네.
붉은 단풍은 어수선하게 흔들리고
누런 갈대는 우수수 휘날리네.
신선의 세계는 멀기도 한데
인간의 세월은 빠르게 돌아가네.
옛 궁터에 벼와 기장 이삭이 익어가고
들판의 옛 사당에 가래나무와 뽕나무가 휘어져 있네.
옛 나라의 흥망(興亡)은 부서진 비석에 남아 있네.
흥망이야 흰 갈매기에게나 물어볼까.
달은 차고 또 기우는데
인생이란 얼마나 하루살이 같은지.
옛 궁궐은 절이 되고
옛 임금은 무덤 속에 묻혀 있네.
반딧불이 휘장 밖에서 어른거리는데
도깨비불은 숲 속에서 번뜩이네.
옛것을 생각하니 눈물이 흐르고
오늘 근심은 더해만 가네.
단군(檀君)의 자취는 목멱산(木覓山, 평양 동쪽 40리에 있는 산)에 남아 있고

기자(箕子)의 도움은 성 둘레에 있는 연못으로만 남았는데

굴 속에는 기린마(麒麟馬)의 자취가 있고

넓은 들판에는 숙신(肅愼, 고조선 시대 만주 모란강과 연해주 일대에서 살던 퉁구스족으로, 이들의 화살이 유명했다고 함)의 화살이 있네.

난향(蘭香, 두난향. 중국 한나라 때 선녀의 이름으로 신선인 장석과 사랑을 나누었다고 함)은 하늘나라로 돌아가고

직녀(織女)도 뿔 없는 용을 타고 돌아가네.

글 하는 선비는 붓을 놓고

선녀는 감후(坎侯, 공후의 다른 이름. 하프와 비슷한 동양의 현악기로 21현과 13현이 있음) 연주를 멈추었네.

이 노래 끝나면 이별이라는데

바람은 고요한데 노 젓는 소리만 부드럽구나.

미인은 시를 다 쓰자 붓을 놓기 바쁘게 하늘로 높이 오르더니 사라져 버렸다. 홍생은 그녀가 어디로 갔는지 알 수 없었다. 미인은 다만 시녀를 시켜서 홍생에게 말을 전하였을 뿐이다.

"옥황상제의 명령이 엄하셔서 나는 이제 난새를 타고 돌아갑니다. 다만 하고 싶은 이야기를 다 끝내지 못하여 안타깝습니다."

잠시 후 갑자기 회오리바람이 거세게 불며 땅을 휩쓸더니 홍생이 앉아 있던 자리를 걷어갔다. 그리고 미인이 쓴 시까지 어딘가로 날려 보냈다. 이는 미인이 자기의 시를 세상에 알리지 않기 위해서인 듯하였다.

홍생이 말을 잊고 정신이 나간 사람처럼 한참 동안 서 있었다. 그러다가 꿈에서 깨어난 듯 자리에서 일어났다. 꿈도 아니고 생시도 아닌 것 같기도 하였다. 홍생은 난간에 홀로 기댄 채 조금 전까지의 일을 차근차

근 생각해 보았다. 그녀가 쓴 시들을 모두 욀 수 있었다. 홍생은 미인과 다하지 못한 정을 한탄하며 시 한 수를 지어 읊었다.

　　양대(陽臺, 옛날 중국 초나라의 회왕이 무산의 선녀를 만나 정을 나눈 누각의 이름)에서 선녀와 놀던 일 꿈속 같은데
　　어느 때 그녀를 만나 옥퉁소와 가락지를 교환할까.
　　강물이 덧없이 무정하게 흐른다지만
　　슬피 울며 이별 없는 저곳으로 굽이쳐 흘러가는구나.

　한생이 시를 다 읊고 나자 절에서 종소리가 울리고 강가 마을에서 닭 울음소리가 들려왔다. 달은 이미 서산으로 넘어갔고 샛별만 반짝이는데, 뜰 아래에서 쥐가 찍찍거리고 마루 밑에서는 풀벌레 소리가 들려올 뿐이었다.

　홍생은 쓸쓸하고 슬프기도 하며, 한편으론 숙연해지고 두려운 생각도 들어 더 이상 부벽정에서 머물러 있을 수가 없었다.

　누각에서 내려와 배를 타고 출발했던 곳으로 돌아왔다. 개성에서 함께 온 친구들이 그가 돌아오자 서로 앞을 다투어 물었다.

　"도대체 어젯밤에 어디서 잤는가?"

　홍생은 자신이 겪은 일을 차마 말할 수가 없어서 달리 말하였다.

　"사실은 어제 낚싯대를 메고 달빛을 따라 장경문(長慶門, 평양성 안에 있는 장경사라는 절의 문) 밖 조천석까지 가서 비단 잉어를 낚으려 하였네. 그런데 밤공기가 서늘하여 물결이 차서 한 마리도 낚지 못했으니, 이 어찌 안타까운 일이 아니겠는가!"

친구들 중 누구도 그의 말을 의심하지 않았다.

그 후 홍생은 집에 돌아와 그 미인을 잊지 못하고 그리워하는 마음과 여행의 피로 때문에 병을 얻어 앓아눕게 되었는데, 정신이 멍하고 하는 말마다 앞뒤가 맞지 않았다. 홍생은 그렇게 자리에 누워 오랫동안 일어나지 못하였다.

그러던 어느 날 밤 꿈속에 소복 차림의 한 여인이 나타나 홍생에게 말하였다.

"우리 아가씨께서는 선비 이야기를 옥황상제께 하셨습니다. 상제께서는 선비의 재주를 아까워하시며, 견우성(牽牛星) 막하(幕下, 지휘관이나 책임자가 거느리는 부하, 또는 그 지위)의 종사(從事, 어떤 사람을. 섬기는 일을 가리키는데, 여기서는 '부하'라는 뜻)로 삼으셨습니다. 상제께서 직접 내리신 명이니 어찌 피할 수 있겠습니까?"

홍생이 깜짝 놀라면서 꿈에서 깨었다.

그는 집안 사람들의 부축을 받으며 깨끗하게 목욕을 한 뒤에 새 옷을 갈아입었다. 그리고 향을 피우고 뜰을 청소하여 자리를 마련하게 한 뒤 하늘을 향해 절을 하였다. 그리고 턱을 괴고 잠깐 누웠다가 그대로 세상을 떠났다. 그날은 바로 구월 보름이었다.

빈소(殯所, 죽은 사람을 묻을 때까지 시체를 잘 모셔 놓는 장소)를 차린 지 며칠이 지나도록 얼굴빛이 살아 있을 때와 조금도 다르지 않았다.

이를 두고 사람들은,

"홍생은 분명 신선이 되어 하늘에 올라갔다."

고 하였다.

이야기 따라잡기

조선 세조 초년 개성의 부잣집 아들 홍생은 풍채도 좋고 시도 잘 짓는 젊은 선비로, 베와 비단으로 무명실을 사서 장사하기 위해 유람을 겸하여 친구들과 함께 배를 타고 평양에 온다.

경치 좋기로 이름난 평양은 고조선의 도읍지이며, 은나라 현인(賢人) 기자(箕子)가 다스리던 곳이라 한다. 이곳에는 금수산·봉황대·능라도·기린굴·부벽정 등의 명승고적도 많이 있다.

홍생은 평양에 도착하여 친구들과 같이 한바탕 어울려 대동강에서 뱃놀이를 하며 팔월 한가위 달맞이를 한다. 홍생은 술이 거나하게 취하자 좋은 경치에 이끌려 홀로 작은 배를 타고 부벽정 아래에 이르게 된다. 부벽정 위에 올라가 난간을 의지하고 옛 도읍지의 흥망성쇠를 탄식하며 시를 지어 읊다 보니 삼경(三更)이 되었다. 홍생이 그제서야 친구들에게 돌아가려고 하는데, 갑자기 어디선가 발자국 소리가 들려온다.

영명사의 중이 찾아오는가 싶어 쳐다보았더니, 뜻밖에도 양쪽에 시녀를 거느린 한 미인이 비단 부채를 들고 나타난다. 홍생은 몸가짐이 점잖고 차림새가 단정하여 귀한 집안의 아가씨와 같다고 생각한다. 미인은 시녀를 시켜서 홍생을 모시게 한다. 홍생은 정자 위에 올라가서 미인과 인사를 나눈다.

미인은 은나라 왕의 후예이자 기자 왕의 딸이라고 자신을 소개한다. 그녀의 아버지는 기자조선의 마지막 왕인 준왕으로, 위만에게 왕위를 빼앗겨 나라를 잃었다고 한다. 그때 정절을 지키며 죽기를 기다리고 있던 미인 앞에 신선이 된 고조선의 시조가 나타나 불사약을 주기에 먹고 신선이 되었다는 것이다. 그리고 얼마 후 월궁 항아의 도움으로 수정궁의 선녀가 되었다고 한다.

홍생은 부벽정에서 미인과 시를 지어 주고받으며 하룻밤을 보낸다. 날이 새자 미인은 하늘로 올라가고, 홍생은 집에 돌아온다. 그 뒤로 그는 미인을 생각하며 그리워하다가 병을 앓고 눕게 된다. 이때 미인의 시녀가 꿈에 나타나, "우리 아가씨가 옥황상제께 청하여 견우성 막하의 종사를 삼았으니 올라오라"고 일러 주고 사라진다. 꿈에서 깬 홍생은 목욕을 하고 옷을 갈아입은 후, 향을 피우고 잠시 누웠다가 조용히 세상을 떠난다. 그의 빈소가 차려진 지 며칠이 지났는데도 그는 산 사람처럼 얼굴빛이 변하지 않았다. 이를 보고, 사람들은 그가 정말 신선이 되었다고 말한다.

쉽게 읽고 이해하기

「취유부벽정기」는 비극적인 사랑 이야기인가?

이 작품은 남녀간의 사랑을 제재로 하고 있다는 점에서는 김시습의 「만복사저포기」나 「이생규장전」과 비슷하지만 정신적인 사랑을 다루었다는 점에서 그들과 구별된다.

미인은 달 뜨고 은하수 맑은 좋은 밤에 시도 읊고 경치도 즐기면서 애틋한 감정을 마음껏 풀어내려고 하늘의 옥경에서 부벽정으로 내려온다. 마침 홍생도 평양 대동강에서 친구들과 뱃놀이를 하다가 흥에 겨워 혼자 부벽정에 와 있었다. 이러한 두 젊은 남녀가 달 밝은 밤에 부벽정에서 만나 옛 성터의 아름다운 풍경을 찬양하는 시를 함께 지어 부르다가 오고 가는 다정한 사랑의 감정을 노래하게 된다. 그들의 노래는 '비단으로 수놓은 듯 아름다운 강산'과 '쪽빛처럼 푸른 물결을 따라 흐르는 대동강'의 아름다운 풍경을 노래하는 데에 머무르지 않는다. 그들은 이끼 긴 옛 성터에 대한 감회를 노래하게 되는데, 이것이 아득한 옛날부터 이 땅에 쳐들어와 노략질을 하던 외적에 대한 분노를 불러일으킨다. 그리고 부벽정에서 평양의 옛 고구려 자취, 고조선의 흥망성쇠와 기자의 후예인 미인의 삶을 회상하며 정당한 삶과 역사가 불의와 폭력에 의해 좌절되는 아픔을 시로 표현하게 된다. 홍생과 미인 사이에 솟구쳐 오른 이러한 애국적인 감정은 그들이 서로 주고받는 시와 노래를 통하여 구체적으로 드러난다. 이러한 감정이 그들로 하여금 젊은 선비와 선녀라는 환상적인 인간관계의 벽을 무너뜨리고 순수한 사랑을 맺을 수 있게 하였다고 볼 수 있다.

홍생과 미인의 감정이 하룻밤 동안 무르익게 되지만, 천상과 인간 세상이 다른 까닭에 그들은 각자의 세계로 돌아갈 수밖에 없게 된다. 집에 돌아온 홍생이 미인을 그리워하다가 병들어 죽게 된다는 점에서 이 소설은 비극적 성격을 띤다. 그러나 꿈에 나타난 미인의 시녀가 말한 대로 홍생이 신선이 되었는지 그가 죽은 뒤에 한참 산 사람 같은 모습을 하고 있었다는 결말 부분에서, 「취유부벽정기」는 비극적 사랑의 이야기에서 벗어나게 된다.

「취유부벽정기」는 어떻게 해석되는가?

이 작품에 대한 다양한 해석과 평가를 다섯 가지로 정리해 볼 수 있다.

첫째, 작품에 나타난 사건을 수양대군이 단종의 왕위를 빼앗은 역사적 사건에 비유한 소설이다. 둘째, 선녀와의 연애나 신선이 된다는 이야기를 '현실도피'로 보고, 이것이 작가가 추구하는 현실주의적 사상과 어긋나며, 결국 작가의 정신적 갈등을 반영한 것이라고 볼 수 있다. 셋째, 모순된 세계를 바로잡아서 세계와 화합하려는 '자아'와 그것을 받아들이지 않으려는 '세계'의 대결을 보여 주는 작품이다. 넷째, 도가(道家, 중국 노장(老莊)의 무위자연(無爲自然) 사상을 따르던 학자를 통틀어 이르는 말)의 문화의식이 나타나 있는 작품이다. 다섯째, 기자조선과 위만에 얽힌 이야기는 우리 민족의 문화적 우월감과 역사의식을 바탕으로 하여 중국에 대한 반감을 표현한 것이다.

사실 이 작품에서 홍생과 미인이 나눈 시는 모두 고조선에 대한 회고와 고구려의 역사와 인물에 관한 것이다. 그리고 고려 사람인 홍생과 고조선 사람이었던 미인의 만남과 사귐은 인간 세계와 신선 세계의 연결이고 과거와 현재의 연결을 의미한다. 따라서 김시습은 '단군 왕검→기자조선→고구려→고려'로 이어지는 역사에서 우리 민족의 정통성을 찾고자 한 것으로 볼 수 있다. 또한 작가는 기자와 위만에 얽힌 역사 이야기를 통해 세조가 단종을 폐위하고 왕위에 오른 행동에 대해 은근히 비난하는 뜻을 내보였다고 할 수 있다.

「취유부벽정기」의 특징은?

홍생과 미인의 만남에 애정이 잘 드러나 있지는 않다. 그러나 몇천 년 전에 살았던 여인이 살아 있는 사람과 시를 주고받으며 애틋한 감정을 나누고 이별 뒤에 홍생이 선녀를 그리워하다가 죽는다는 설정은 이 작품이 명혼소설(冥婚小說, 산 사람이 죽은 사람의 영혼을 만나 결혼하는 내용의 소설)의 성격을 띠며, 시애설화(屍愛說話, 죽은 사람과 사랑을 나누는 내용의 이야기)와도 관련되어 있다고 볼 수 있다.

또한 젊은 남녀가 뜻이 맞아 서로 시를 읊으며 속마음을 나타내는 상황이 하룻밤 꿈속의 일처럼 그려져 있다는 점에서 몽유소설(夢遊小說, 현실-꿈-현실의 구조로 이루어진 소설)과 비슷하다. 그런데 꿈의 시작과 끝을 불분명하게 처리하여 한층 더 미묘한 분위기를 자아내고 있다.

「취유부벽정기」에 나타난 작가의 사상은?

미인은 오래전 신선이 되어 초월적 세계인 월궁에 살고 있는 선녀이다. 본래 기자조선의 후예로 과거에 자신이 살고 있었던 조상의 땅에 대해 회고하며 애틋한 감정에 사로잡혀 잠시 부벽정에 내려온다. 그리고 시를 주고받으며 속마음을 나눌 대상을 찾는다. 그런 점에서 홍생과 미인의 관계는 대등하다. 그러나 미인이 대접한 술과 음식을 홍생이 먹을 수 없다는 점에서 두 인물이 사는 곳이 지상과 천상이라는 다름을 나타낸다. 그리고 선녀가 된 미인이 떠난 뒤 바람이 불어 와서 그녀와 지은 시와 감정을 나누던 자리마저 걷어감으로써 인간 세상에 신선이 내려왔던 자취를 없애려고 한다. 그러나 사람의 감정은 아무리 짧은 동안의 일일지라도 쉽게 잊혀지지 않는 법이라, 홍생에게는 잊을 수 없는 사랑의 감정으로 남는다. 그래서 미인에 대한 그리움이 병이 되어 몸져눕게 된 홍생은 죽음을 기꺼이 맞이한다. 현실에서의 죽음은 곧 그녀와 천상에서 다시 만날 수 있으리라는 약속과도 같은 것이기 때문이다.

죽음은 현실도피의 수단이 될 수 있다. 그러나 이 작품에서는 오히려 현실을 떠남으로써 정화되고 안정된 삶을 얻을 수 있다는 초월적 현실주의관을 살펴볼 수 있다. 작품의 결말에서 홍생의 시체를 빈소에 둔 뒤에 며칠이 지나도 그의 얼굴빛이 변하지 않고 산 사람과 같자, 사람들은 그가 신선을 만났으므로 죽음에서 벗어날 수 있었을 것이라고 한다.

하늘로 돌아가는 것을 세상 사람들이 낙원으로 돌아가는 것이라고 하듯이 실락원 이미지를 통하여 인간 본연의 신선 사상을 보여 주고 있다. 이러한 신선 사상은 작가 자신이 가지고 있던 도가 사상을 반영한 것으로 보인다. 따라서 사람과 선녀가 현실에서 이루지 못한 사랑의 사연을 하늘나라에서 지속해 보려는 초월적 현실주의 사상과 도가적 신선 사상이 이 작품에 혼합되어 나타난 것으로 볼 수 있다.

「남염부주지」는

김시습의 확고한 유교적 이념을

엿볼 수 있는 소설로,

박생이라는 선비가 염부주라는 세계에 들어가

귀신에 대해 대화를 나누고

마침내 염라대왕이 된다는 내용을 담고 있다.

남염부주지

하늘이 비록 묵묵히 말은 없을지라도 그 명령은 엄한 것이오.

등장인물

박생 유학에만 뜻을 두고 공부를 했으나 과거급제에 실패한 선비다. 그는 순박하고 온후한 편이어서 사람들에게 칭찬을 받기는 하지만, 자신이 속한 사회의 지배적인 질서에 순응하지 못하고 자신의 소신만을 지켜 나가려는 강직한 성격을 지니고 있다. 그리고 귀신이나 천당과 지옥에 대해 부정적으로 생각하고 '천하의 이치는 한 가지'라는 주장을 내세우며 산다. 그러던 그가 꿈에 남염부주로 가서 남염부주왕과 이야기를 나누며 천하의 이치를 깨닫고 뜻을 같이하게 된 남염부주왕의 후계자가 된다.

염마왕(염라대왕) 사람의 악함과 착함을 심판하는 남염부주에서 백성들을 다스리며, 백성을 잘못 인도하는 역대 제왕의 횡포를 비판하는 인물이다. 박생의 주장에 같은 뜻을 보이며 남염부주의 왕위를 박생에게 물려 준다는 점에서 우리의 일반적인 생각과 거리가 멀어 보이는 인물이다.

남염부주지

박생이 불교와 무당, 귀신에 대해 의문을 품다

세조 10년경(1467년경. 한문소설에는 성화초(成化初)라고 되어 있음) 경주(慶州)
에 박생(朴生)이라는 선비가 살고 있었다. 박생은 일찍이 유학(儒學)에 뜻
을 두어 태학관(太學館, 조선 시대 성균관의 다른 이름. 지금의 대학과 같은 교육기
관. 태조 원년(1392년)부터 시작하여 공자 제사를 모시는 문묘와 유학을 가르치는 명륜
당을 함께 일컬음)에 다니며 과거 공부에 열중하였으나 불행히 급제하지 못
하여 항상 마음속에 불만을 품고 있었다.

그는 뜻과 기상이 매우 높고 뛰어나서 어떤 세력에도 아부하지 않았으
므로, 남들은 모두 그를 거만한 청년이라고 부르기도 하였다. 그러나 남
들을 대하고 대화를 나누는 태도는 대단히 순박하고 성실하며 온순하여
그를 칭찬하는 사람들도 많았다.

그는 일찍부터 부처나 무당, 귀신 등에 대한 이야기에 의문을 품고 있
었는데, 『중용(中庸, 공자의 손자인 자사가 지은 사서의 하나. 중용의 덕을 강조한 유

교의 종합적인 해설서)』과 『주역(周易, 중국 상고 시대의 복희씨가 그린 괘에 대해, 주나라 문왕·문왕이 쓴 글에 공자가 글을 덧붙여 완성한 책)』을 읽은 뒤에는 더욱 자기의 견해를 확실히 가지게 되었다. 그러나 그는 순한 성격 탓으로 중들이나 불교 신자들과도 사귀었는데, 한유(韓愈, 중국 당나라 때 유종원과 고문의 부흥을 꾀한, 당송팔대가의 한 사람)와 태전(太顚) 사이, 유종원(柳宗元, 중국 당나라 문장가. 변려체 문학을 비판하고 고문의 부흥에 이바지한 당송팔대가의 한 사람)과 손상인(巽上人) 사이같이 친한 사람도 두서넛 있었다.

중들 또한 박생을 문사로 대우하여 사귀었으니, 혜원(慧遠, 중국 동진 때의 중. 고승들과 여산에 백련사를 세움)이 종병(宗炳) · 뇌차종(雷次宗, 중국 남북조 때 송나라의 유학자. 문종의 청으로 계룡산에 학관을 세워 인재를 기름)을 대하듯, 지둔(支遁, 중국 동진의 중. 명사들과 사귀는 것을 즐겼다고 함)이 왕탄지(王坦之) · 사안(謝安, 중국 동진의 명신. 중년에 왕희지 등 여러 문인들과 사귀며 풍류를 즐겼고, 말년에 높은 관직에 올랐음)을 대하듯 깊이 사귀었다.

어느 날 박생이 중 한 사람과 천당과 지옥의 설에 대해 이야기를 나누다가 의심나는 부분이 있어서 물었다.

"천지에는 하나의 음(陰)과 하나의 양(陽)이 있을 뿐인데, 어찌 천지 밖에 또다른 천지, 곧 천당과 지옥이 있다는 말은 아마도 사람을 속이려는 것이겠지요."

중은 말하였다.

"명확히 말하기는 어려우나, 자신이 한 행동에 따라 지옥과 천당에서 죄와 복을 받게 되지 않겠습니까?"

그러나 박생은 그 말을 믿을 수가 없었다.

박생이 일리론을 주장하다

박생은 일찍이 「일리론(一理論)」이라는 이론을 만들어 스스로 깨우치기로 하였는데 이는 다른 이론의 유혹에 빠지지 않기 위해서였다. 그의 이론은 이러하였다.

　내 일찍이 '천하의 이치(理致, 사물의 정당한 조리. 도리에 맞는 근본 뜻)는 오로지 한 가지가 있을 뿐'이라고 들었다. 한 가지라는 것은 둘이 될 수 없다는 뜻이다. 또 이치란 천성(天性)을 말하는 것이다. 천성이란 하늘이 내린 것이다. 하늘이 음양오행(陰陽五行, 중국에서 옛날부터 내려오던 세계관으로, 우주나 인간 사회의 모든 현상을 음과 양 두 원리의 조화로 설명하는 음양설과, 음양설에 기본을 두고 목, 화, 토, 금, 수의 변화와 순환을 관찰하는 오행설로 이루어져 있음)으로 만물을 만들 때 기(氣, 동양철학에서 만물을 생성하는 근원이 되는 힘)를 넣어 형태를 만들었는데, 여기에 이(理, 이치. 성리학에서 이르는 우주의 본체)도 따르게 되어 있는 것이다.
　그리고 이치라는 것은 우리가 일상생활에서 사용하는 사물(事物)의 사이에 각각 조리(條理, 앞뒤가 들어맞고 체계가 서는 갈피 또는 사물의 갈래 구별)가 있는 것을 뜻한다. 예를 들면 부모와 자녀 사이는 친(親)해야 하며, 임금과 신하 사이에는 의리를 다하여야 한다. 또한 부부(夫婦)나 어른과 어린이 사이에는 각각 꼭 지켜야 할 도리가 있다. 이것이 바로 도(道)이며, 우리 마음속에 이러한 이치를 가지고 있으므로, 이치를 따르면 어디를 가더라도 편안할 수 있고, 이치에 어긋난 행동을 하여 천성을 잃어버리면 재앙이 미치게 되어 불안해질 것이다. 이치를 따져서 천성을 살펴본다는 것은 이것을 연구하는 것이고, 어떤 사물이라도 거리낌없이 연구하여 나의 지식을 넓혀야 할 것이다.
　대체로 사람은 태어날 때부터 이 마음을 가지고 있고 또한 그 천성을 갖추고 있으며, 천하의 만물에도 이 이치가 있는 것이다. 욕심이 없고 신령스러운 마음으로 천성의 자연 곧 진실함을 따르는 것이 바로 이치를 따지는 것이다. 어떤 사물을 가지고 그 근원을 따져 올라가다가 마지막에 이르면 천하의 이치가 밝게 드러나게 된다. 이치 중에서도 가장 핵심이 되는 것은 바로 마음속에 나열되어 있으니, 이런 방법으로 생각해 보면 천하와 나라도 여기에 포함되지 않는 것이 없고 하나로 합해지지 않을 것이 없다. 이렇게 된다면 천지의 도리에 참여하여도 어긋나지 않고 귀신을 접한다 하더라도 유혹을 받지 않을 것이며, 오랜 시간이 지나도 사라지지 않을 것이다. 선비가 해야 할 일은 이것뿐인데, 천하에 어찌 두 이치가 있을 수 있겠는가. 그러므로 저들 이단(異端, 이 부분에서는 불교를 가리킴. 원래는 정통 학파나 종파에서 벗어나는 견해나 파벌을 주장하는 일을 이르는 말)의 말을 믿을 수 없다.

박생이 잠결에 바닷속의 섬으로 가다

어느 날 밤 박생은 방 안에서 등불을 돋우고 『주역』을 읽다가 몸이 피곤하여 잠깐 베개를 기대었다가 옷을 입은 채로 그만 잠이 들고 말았다. 갑자기 그의 두 겨드랑이에 푸른 날개가 돋친 듯하더니 문득 한 곳에 이르렀는데, 바닷속의 한 섬나라였다.

그 땅에는 풀이나 나무는 나지도 않았고, 모래와 자갈도 없었다. 발에 밟히는 것이라고는 모두 구리가 아니면 쇠붙이었다. 낮이면 사나운 불길이 하늘까지 뻗쳐 땅덩이가 녹아내리는 듯하였고, 밤이 되면 쌀쌀한 바람이 서쪽에서 불어와 사람의 살갗과 뼈를 에는 듯하여, 스치는 바람결을 견딜 수 없었다.

그리고 무쇠로 된 절벽이 성처럼 바닷가를 둘러싸고 있었다. 그 성 둘레에는 커다란 철문 하나가 우뚝 솟아 있었는데, 굳게 닫혀 있었다. 문을 지키는 사람은 뾰족한 어금니를 드러내며 금방이라도 달려들 듯한 자세로 창과 철퇴를 쥐고 밖에서 들어오는 사람을 막고 있었다. 성 안의 사람들은 쇠로 만든 집에서 살고 있었는데, 낮에는 뜨거운 열기로 쇠가 녹아 내리고 밤이면 그 녹은 쇠가 다시 얼어붙곤 하였다. 하지만 아침이나 저녁이 되면 사람들의 웃음과 말소리가 분명히 들려왔다. 이 성 안 사람들은 더위와 추위를 그리 괴로워하는 것 같지 않았다.

박생은 이런 사람들의 모습을 보고 놀라 우물쭈물하고 서 있었다.

박생이 문지기의 충고를 듣다

그때 문지기가 그를 불렀다. 박생은 몹시 당황하여 도망가지 못하고 조심스레 앞으로 나아갔다.

문지기는 창을 바로 세우고 박생에게 물었다.

"당신은 누구시오?"

박생은 벌벌 떨면서 대답하였다.

"저는 아무 나라에 사는 박아무개라는 사람입니다. 세상물정을 모르는 꽉 막힌 선비랍니다. 함부로 신령스러운 관리를 모독했으니 잘못을 저지른 것이 분명하나 너그러이 용서해 주십시오."

박생이 그 앞에 나아가 엎드려서 두 번 세 번 절하면서 자신의 당돌함을 사과하였다. 그러자 문지기가 말하였다.

"아아, 그렇소? 내 일찍이 '선비는 어떠한 위협을 당하더라도 굽히지 않는다'고 들었는데, 선비는 어찌 그리 심하게 몸을 떨며 굽신거리시오?

우리는 이치를 잘 아는 훌륭한 선비를 만나본 것이 벌써 오래 되었습니다. 우리 왕께서도 당신과 같은 선비를 만나 동쪽 나라에 한 말씀을 전하려고 하십니다. 여기에 잠깐 앉아서 기다리시오. 내 곧 왕께 여쭙고 오겠소."

문지기가 말이 끝나자 허리를 굽힌 자세로 성 안으로 들어갔다가 잠시 후 나와서 박생에게 말하였다.

"왕께서 당신을 편전(便殿, 임금이 보통 때 지내는 궁궐)에서 만나보고자 하십니다. 당신은 정직한 말로 대답하시오. 위엄에 눌려 자기 뜻을 숨겨서는 안 됩니다. 우리 나라 백성들에게 큰 도리의 요점을 알려주십시오."

곧이어 각각 검은 옷과 흰 옷을 입은 두 동자(童子)가 손에 책 두 권을 들고 나왔다. 그중 한 권은 검은 종이에 푸른 글자를 쓴 것이고, 다른 한 권은 흰 종이에 붉은 글자를 쓴 것이었다. 동자들이 그 책을 박생 앞에 펼쳐 놓았다. 들여다보니 그의 이름은 붉은 글자로 씌어져 있고, 이름 밑에는,

현재 아무 나라에 사는 박아무개는 이승에서 아무런 죄가 없으니 이 나라의 백성이 될 수 없다.

고 붉은 글자로 쓰여 있었다.

박생이 그 글을 읽고 동자에게 물었다.

"나에게 이 책을 보이는 까닭이 무엇이오?"

"예, 검은 종이책은 악한 사람들의 명부(名簿, 관계자의 이름이나 주소·직업 따위를 적어 놓은 장부)이고 흰 종이책은 착한 사람들의 명부입니다. 착한

김시습

사람의 명부에 실린 사람은 왕께서 선비를 초대하는 예로써 맞이하시고, 나쁜 사람의 명부에 실린 사람은 비록 죄를 벌하지는 않아도 천민이나 노예로 대우하십니다. 왕께서 선비를 보시면 극진한 예로 대접할 것입니다."

하고 동자는 그 책을 가지고 성 안으로 들어가 버렸다.

박생이 염마왕을 만나다

잠시 후, 바람을 타고 호화롭게 장식된 수레가 달려왔다. 수레 위에는 연좌(蓮座, 부처가 앉는 연꽃으로 만든 자리, 또는 연꽃 모양으로 만든 자리)가 있고, 그 곁에는 귀여운 아이들이 부채와 양산을 받쳐들고 서서 박생에게 그 위에 올라앉으라고 했다. 곧이어 무사와 나졸들이 창을 들고 큰 소리로 호령하며 길을 인도하여 앞으로 나갔다.

박생이 머리를 들어 멀리 바라보았다. 앞에는 철성이 세 겹으로 싸여 있고, 높다란 궁궐이 금으로 된 산 밑에 서 있는데, 뜨거운 불꽃이 하늘까지 닿을 듯이 이글이글 타오르고 있었다. 길가를 돌아보니 사람들은 불꽃 속에서 녹아 내리고 있는 구리와 쇠를 마치 진흙 밟듯이 밟고 있었다. 그러나 박생 앞으로 몇십 걸음쯤 되는 길거리는 숫돌처럼 평탄했으며 쇠를 녹이는 뜨거운 불은 전혀 없었다. 이러한 것은 아마 신의 힘으로써만 만들 수 있을 듯 싶었다.

박생이 궁궐에 도착하니 네 문이 활짝 열렸는데 연못 주위에 있는 누각은 마치 인간 세계의 것과 꼭 같았다. 아름다운 두 여인이 마중 나와서 박생에게 절을 하고는 그를 안으로 안내하였다. 염마왕은 통천관(通天冠, 황제가 명을 내리거나 나랏일을 할 때 쓰던 관. 앞쪽이 뒤쪽보다 높으며, 박산술이라는 산 모양의 장식을 달아놓는데, 권운관이라고도 함)을 쓰고 허리에는 문옥대(文玉帶, 무늬가 새겨진 옥으로 만든 띠)를 두르고 손에는 규(珪, 위는 둥글고 아래는 모가 난 길쭉한 홀(패). 옛날 중국에서 천자가 제후를 봉하거나 신을 모실 때 사용함)를 들고 뜰 아래에 내려와서 맞이하였다.

박생은 땅에 엎드려 감히 쳐다보지도 못하니, 염마왕이 말하였다.

"사는 세계가 서로 다르니, 서로를 지배할 수가 없습니다. 그런데 이치를 잘 알고 계신 선비께서 너무 지나치게 겸손하십니다."

염마왕은 박생의 소매를 잡아 이끌어 전각(殿閣, 임금이 사는 궁궐. 또는 궁궐 안의 누각) 위로 올라가 특별히 자리를 마련해 주었다. 그 자리는 옥으로 만든 난간 옆의 금으로 만든 자리였다. 자리에 앉자 염마왕이 시중드는 아이를 불러 다과를 올리게 하였다.

박생이 눈을 들어 잠깐 엿보니 차는 구리를 녹인 것이고 과자는 쇠로 만든 구슬이었다. 박생은 이상하게 한편 두려운 마음도 생겼으나 감히 물러날 수 없어 그들이 하는 것을 보고만 있었다. 다과를 앞에 놓으니 차와 과실에서 풍기는 아름다운 향기가 온 궁궐로 퍼져 나갔다.

박생이 염마왕과 이야기를 나누기 시작하다

차를 다 마신 후 염마왕이 박생에게 말하였다.

"선비는 이곳이 어딘지 아시겠소? 여기는 인간 세상에서 염부주(炎浮

116
• • •
김시습

洲, 황남쪽 바다에 있는 섬. 화염이 타오르고 있으며 공중에 떠 있다고 함)라고 부른다는 곳이오. 우리 궁궐 북쪽에 있는 산이 바로 옥초산(沃焦山, 동해 남쪽 삼만 리에 있다는 산 이름)이오. 이 섬은 하늘과 땅의 남쪽에 있어서 남염부주(南炎 浮洲)라고 부르오. 염부라는 말은 활활 타오르는 불꽃이 항상 공중에 떠 있다고 해서 붙은 이름지이요. 내 이름은 염마(焰摩, 염라대왕)라고 하지요. 불꽃이 나의 몸을 휘감고 있기 때문이지요. 내가 이 땅의 왕이 된 지 벌써 일만 년이 넘었소. 오래 살았기 때문에 신령스러움이 생겼으니, 마음을 먹으면 신통하지 않은 것이 없고, 뜻이 있으면 그대로 되지 않는 것이 없다오. 옛날 창힐(蒼詰, 고대 중국의 황제 때의 신하. 눈이 넷 달렸으며, 새와 짐승의 발자국을 보고 글자를 만들었는데, 이때 귀신들이 곡을 하였다는 고사가 있음)이 글자를 처음 만들 때 우리 백성들을 보내 울어주었고, 구담(瞿曇, 부처가 되기 전의 석가모니)이 불도를 닦을 때 내 제자를 보내어 보호해 주었소. 그러나 중국의 삼황오제(三皇五帝, 고대 중국의 전설상의 왕들. 천지인황과 황제헌원, 전욱 고양, 제곡고신, 당요, 우순을 가리킴), 주공(周公, 중국 주나라의 정치가. 문왕의 아들이며 무왕의 동생으로 이름은 단(旦))과 공자(孔子)는 각자의 도(道)로써 자신을 지키며 천하를 다스렸으므로 나는 감히 거기에 참여할 수 없었소."

"주공과 공자는 중국에서 탄생한 군자(君子)이고, 구담은 인도의 간사하고 흉악한 민족이 낳은 성인입니다. 비록 문물이 발달한 중국이라고 해도 성품이 순수한 사람과 그렇지 못한 사람이 있기 마련이지요. 그래서 주공과 공자는 이들을 다스리는 데 힘썼습니다. 인도가 간사하고 흉악한 나라라고 해도 기질이 민첩한 사람과 둔한 사람이 있기 마련입니다. 구담은 이것을 깨우쳐 주었지요.

주공과 공자의 가르침은 올바른 도리로써 잘못된 것을 물리치는 것이었고, 구담의 법도는 간사한 말로 잘못된 것을 물리치는 것이었습니다. 올바른 도리로 잘못된 것을 물리치는 것은 그 말이 정직한 법이고, 간사한 말로 잘못된 것을 물리치는 것은 그 말이 허황된 법입니다. 정직함은 군자가 따르기 쉬웠으며, 허황됨은 소인(小人)이 믿기가 쉬웠습니다.

그러나 모두 군자와 소인으로 하여금 바른 도리로 나아가도록 하는 데 목적이 있습니다. 다시 말해서 세상을 현혹시키고 백성을 속여서 사악한 도리로 그르치려고 하는 것은 아닙니다."

박생이 귀신에 대해 질문하다

"그러면 귀신이란 어떤 것입니까?"
하고 박생이 다시 묻자 염마왕이 말하였다.

"귀신이란 글자를 따로 떼어서 보면, 귀(鬼)는 음기(陰氣) 중에서 가장 신령스러운 것이고, 신(神)은 양기(陽氣) 중에서 가장 신령스러운 것으로 만물의 조화를 그 자취로 만들어 내는 것이 두 기운의 참다운 기능입니다. 살아 있을 때는 사람이라 하고, 죽었을 때는 귀신이라 합니다. 그러나 이 두 가지 이치는 아마 다르지 않을 것입니다."

"인간 세상에서는 귀신에게 제사 지내는 예법이 있는데, 제사를 받는 귀신과 만물을 조화하는 귀신을 어떻게 구별합니까?"
하고 박생이 또 물으니 염마왕이 대답하였다.

"다르지 않소. 선비는 어찌 그것을 모르시오? 옛사람들이 '귀신은 소리도 없고 형태도 없다'고 하였소. 그러나 물질의 시작과 끝은 음과 양이 어울리고 흩어짐에 따르는 것이지요. 천지에 제사 지내는 것은 음양의 조화를 공경하는 것이며, 산천에 제사 지내는 것은 기화(氣化, 물질의 변화)의 오르내림에 보답하는 것이고, 조상에게 제사 지내는 것은 자신의 근본인 뿌리에 보답하는 것이며, 육신(六神, 동서남북과 중앙을 다스리는 여섯 신)에 제사 지내는 것은 재앙을 면하려 하는 것이오. 이 모두가 사람에게 공경하는 마음을 갖게 하려는 것이라오. 형체가 뚜렷이 있어서 쓸데없이 인간의 화복을 주장하는 것이 아님에도 불구하고 사람들은 부질없이 귀신이 있다고 생각하고 있소. 공자가 '귀신은 공경하면서도 멀리해야 한다'고 한 말은 필시 이를 염두에 둔 것이 아니겠소?"

둘은 끝없이 문답을 계속하였다.

박생이 또 염마왕에게 물었다.

"그러면 인간 세상에서 사람들을 해치는 요괴(妖怪, 요사스럽고 괴상한 마귀)들 또한 귀신이라고 볼 수 있습니까?"

염마왕이 대답하였다.

"그렇지 않소. 귀(鬼)는 굽힌다는 뜻이고, 신(神)은 편다는 뜻이오. 굽혔다가 펼 수 있는 것은 조화의 신이 하는 일이고, 굽히기만 하고 펼 줄 모르는 것은 가슴에 맺힌 것을 풀지 못한 요괴가 하는 짓이지요. 천지의 신은 조화와 어울리기 때문에 처음부터 끝까지 음양과 함께 있지만 그 형태가 없소.

그러나 요괴들은 맺힌 것이 많아서 사람이나 물건에 섞여 있으며 어떤 모습을 나타낸다오. 산에 사는 요물은 소(魈)라 하고, 물에 사는 요물은 역(魊)이라 하고, 수석(水石)의 요물은 용망상(龍罔象)이라 하며, 목석(木石)의 요물은 기망량(夔魍魎)이라 합니다. 물건을 잘 해치는 요물은 여(厲)라 하고, 남을 괴롭히는 요물은 마(魔)라 하고, 물건에 붙어사는 요물은 요(妖)라 하고, 사람을 유혹하는 요물을 매(魅)라고 합니다. 이것을 모두 귀(鬼)라고 할 수 있소.

한편 신(神)이란 것은 음양의 변화에 따라 헤아릴 수 없는 것으로, 교묘한 변화, 곧 신령스럽고 기묘함을 말하는 것이오. 하늘과 사람이 같은 이치로써 나타나 있다든가 은밀하게 숨어 있지만 본질적으로 차이가 있는 것은 아니오. 근본으로 돌아가는 것을 정(靜)이라 하고, 천명(天命, 하늘의 명령)을 회복하는 것을 상(常)이라 하오. 만물의 시작과 끝이 만들어지고 변화하는 조화와 함께하면서도 그 조화의 자취를 알 수 없는 것을 도(道)라 하지요. 그 까닭에 공자가 『중용』에서 '귀신의 덕은 참으로 훌륭해서 보려고 해도 보이지 않고 들으려 해도 들리지 않지만 만물의 본체가 되어 있어 버릴 수 없다'고 한 것이오."

박생이 천당과 지옥에 대해 질문하다

박생이 다시 물었다.

"일찍이 스님에게서 하늘 위에는 천당(天堂)이라는 살기 좋은 곳이 있고, 땅 밑에는 지옥(地獄)이라는 고통스러운 곳이 있다는 말을 들었습니다. 죽은 사람을 관리하는 명부(冥府, 저승 또는 사람이 죽어서 심판을 받는다는 저승의 법정)에는 시왕[十王, 불교에서, 저승에 있다는 열 명의 대왕을 이르는 말. 죽은 사람의 생전의 죄를 심판한다고 함]이 있어서 18개의 감옥에 갇혀 있는 죄수들을 문초한다고 하더군요. 그것이 사실입니까? 또 사람이 죽은 지 7일이 지나면 그 영혼을 위해 부처님께 공양하고 재(齋, 명복을 비는 불공)를 올립니다. 그리고 시왕께 제사를 드리며 지전(紙錢)을 사르면 지은 죄가 면해진다고 했습니다. 그렇다면 비열하고 포악한 사람들도 시왕께서 용서해 주십니까?"

염마왕이 대답하였다.

"그건 처음 듣는 말이오. 옛사람이 말하기를 한 번 음(陰)이 되고 한 번 양(陽)이 됨을 도(道)라 하고, 한 번 열리고 한 번 닫히는 것을 변(變)이라 했으며, 나고 태어나는 것을 역(易)이라 하며, 진실하여 망령되지 않은 것을 성(誠)이라 하였소. 그렇다면 어찌 세상 바깥에 또다른 세상이 있으며 천지 밖에 또다른 천지가 있겠소? 또 왕이란 모든 백성이 우러러보는 존칭이오. 옛날 삼대(三代, 중국의 하·은·주 세 왕조) 이전에는 만백성의 주인을 왕이라 부르고 다른 명칭으로는 부르지 않았소. 공자가 『춘추(春秋, 오경의 하나. 중국 노나라 12대의 역사를 노나라 사관이 기록한 것에 대해 공자가 유교적 입장에서 비판·수정한 책)』를 쓸 때 왕이 지켜야 할 법칙을 세우고, 주(周)나라를 높여 그 왕을 천왕(天王)이라 불렀으니 다른 나라에서는 감히 왕이라는 명칭을 쓰지 못하였소. 그러다가 진나라가 육국(六國, 초나라, 제나라, 연나라, 한나라, 위나라, 조나라 등을 가리킴)을 멸망시키고 천하를 통일한 뒤에 진시황이 '나의 덕은 삼황(三皇)을 합한 것이고, 공은 오제(五帝)보다 낫다'고 하여 왕을 황제라 부르게 하였소. 그때에는 왕이라는 명칭을 쓰는 나라가 많았소. 마치 위·양·초 등의 임금을 왕이라 불렀듯이. 왕의 명분이 어지러워졌지요. 문왕(文王, 기원전 12세기경 중국에 주나라를 세운 왕)·무왕(武王, 중국 주나라 문왕의 아들. 폭군인 주왕을 쳐서 은나라를 멸망시킴)·성왕(成王, 중국 주나라 무왕의 아들)·강왕(康王, 중국 주나라 성왕의 뒤를 이음) 등의 왕이라는 명분도 함께 떨어지게 되었소. 세상 사람들은 아는 것이 없어서, 분수에 넘치는 욕심을 말하지 않고 신의 세계에서는 존엄함을 숭상하니, 어찌 한 지역에서 왕이 그렇게 많겠소? 선비는 하늘에는 두 개의 해가 없고, 한 나라에는 두 왕이 있을 수 없다는 말을 듣지 못하였소? 그러니 그런 말은 믿을 것이 못 되오. 재를 올리며 영혼을 달래고, 왕에게 제사한 후 지전을 사르는 일들이 무엇을 위한 것인지 나는 이해하지 못하겠소. 선비께서 인간 세상의 잘못된 점을 자세히 이야기해 주시오."

박생이 이 말을 듣고 자리에서 한 발자국 물러나 앉아 옷깃을 여미고 설명하였다.

"인간 세상에서는 부모가 세상을 떠난 지 49일이 되면 신분이 높든지 낮든지 간에 초상에서부터 장사 지내는 예절은 생각지도 않고 오로지 절에 가서 재를 올려 영혼을 추천하는 것에 힘을 쓴답니다. 그리하여 부자(富者)는 돈을 지나치게 쓰면서 자신의 일을 남에게 자랑하고, 가난한 자는 밭과 집을 팔고 금전과 곡식을 빌려서, 종이를 새겨 기를 만들고 비단을 오려 꽃을 만들고 여러 중을 초대하여 복전(福田, 부처에게 공양을 올려 받는 복. 공양을 올려 복을 얻는 것이 농부가 밭을 갈아 수확하는 것과 같다는 뜻)을 구합니다. 또 불상(佛像)을 세우고 도사에게 범패(梵唄, 석가여래의 공덕을 찬양하는 노래)를 소리 높여 외우게 하는데, 마치 새가 지저귀고 쥐가 찍찍거리는 것 같을 뿐 무슨 소리를 하는지 알 수가 없습니다. 상주(喪主)가

된 사람은 아내와 자녀를 거느리고 친척과 친구들을 불러모아 남녀가 한데 뒤섞여 있으니 오줌이나 똥이 여기저기 흩어져 있어 극락(極樂)의 정토(淨土, 번뇌의 속박을 벗어난 아주 깨끗한 곳. 부처와 보살이 산다고 함)는 더러운 뒷간으로 바뀌고, 부처가 설법을 베풀던 남쪽 보리수 아래는 시끄러운 시장 거리로 변하고 있소. 또 시왕을 초대해 놓고 음식을 차려 제사 지내고, 지전을 살라 죄로부터 벗어나기를 바랍니다. 만일 정말 시왕이 있다면 예의를 돌보지 않고 재물만을 탐내어 이것을 함부로 받겠습니까? 아니면 불법(佛法)에 따라 무거운 벌을 내리겠습니까? 이것이 바로 제가 답답하게 생각하는 일이었으나 차마 말하지 못하고 있었습니다. 부디 저를 위해 이에 대해 확실히 말씀해 주십시오."

왕이 한탄하며 말하였다.

"이게 웬 말씀이오. 사람이 이 세상에 날 때 하늘에서 어진 성품을 내려 주었고, 땅에서는 생명을 길러 주었소. 왕은 법으로 다스리고, 스승은 도리를 가르쳐 주며, 부모는 은혜와 사랑으로 길러 주는 것이오. 그런 까닭에 오륜(五倫, 유교에서 이르는 다섯 가지 인륜(人倫). 곧, 부자(父子) 사이의 친애(親愛), 군신(君臣) 사이의 의리, 부부(夫婦) 사이의 분별(分別), 장유(長幼) 사이의 차서(次序), 붕우(朋友) 사이의 신의(信義)를 이름)이 차례가 있고 삼강(三綱, 유교 도덕의 기본이 되는 세 가지 도리. 곧, 왕과 신하, 아버지와 자식, 남편과 아내 사이에 지켜야 할 떳떳한 도리)이 어지럽지 않은 것이오. 여기에 잘 따르면 좋은 일이 오고 이를 거스르면 재앙이 생기게 되니, 좋은 일과 재앙은 자기 자신에 달려 있는 것이오.

사람이 죽으면 정신과 기운이 이미 흩어져서, 혼은 하늘로 다시 올라가고, 몸은 흙먼지로 돌아가게 되니, 어찌 다시 어두컴컴한 저승 안에 머무르는 일이 있겠소? 또 원한을 품은 혼과 횡사했거나 요절한 귀신은 그 정해진 수명을 다하지 못한 탓에 기운을 펴지 못하니, 모래먼지 날리는 싸움터에서 시끄럽게 울기도 하고 생명을 버린 원한 맺힌 집에 나타나기도 하오. 또는 무당에 의탁하여 사정을 해 보기도 하고 다른 사람에게 의지하여 원망을 풀려고 하는데, 비록 정신이 흩어지지 않았다 해도 결국은 아무것도 없는 곳으로 돌아가는 것이니, 어찌 지옥에 모습을 나타내어 벌을 받겠소? 이것은 사물의 이치를 연구하는 학자라면 마땅히 짐작할 수 있는 일이오.

부처님께 재를 올리고 시왕께 제사 지내는 것은 더 말할 나위가 없소. 원래 재라는 것은 깨끗하다는 뜻이오. 곧 깨끗하지 못한 것을 정화하여 깨끗한 것으로 만드는 것이라오. 부처란 깨끗함을 뜻하며, 왕이란 존엄함을 말하는 것이오.

공자는 『춘추』에서 왕이 수레와 금을 구하는 일을 비판하였고, 부처에게 금이나 비단을 바친 일은 한나라와 위나라 때부터 시작하였소. 어찌 깨끗한 부처님이 인간 세상의 공양을 받으실 것이며, 존엄한 왕이 죄인의 뇌물을 받으실 것이며, 저승의 귀신이 인간 세상의 형벌에 제멋대로 관여할 수 있겠소? 이것 또한 이치를 연구하는 선비로서는 마땅히 생각할 일이 아니겠소."

박생이 다시 물었다.

"그렇다면 사람이 윤회(輪廻, 생명이 있는 것, 즉 중생은 죽어도 다시 태어나 생이 반복된다고 하는 불교사상)에서 그치지 않고 이 세상을 떠나면 저승에서 산다는 말에 대해 들려 주시겠습니까?"

염마왕이 말하였다.

"정기나 영혼이 흩어지지 않았을 때에는 마치 윤회의 길이 있을 듯하지만, 시간이 오래 지나면 모두 흩어져 없어져 버린다오."

둘의 문답이 여기까지 이르렀으나 그래도 오히려 아쉬운 점이 있었다. 박생은 계속하여 염마왕에게 물었다.

"왕께서는 무슨 인연으로 이 사나운 타국에서 왕의 책임을 맡으셨습니까?"

염마왕이 대답하였다.

"내가 일찍이 인간으로 있을 때 나라와 민족을 위해 충성을 다하였고, 용맹하게 도적을 물리쳤소. 나 스스로 맹세하기를, '죽어서도 마땅히 흉한 귀신이 되어 도적들을 죽여 없애겠다'고 맹세하였소. 죽은 뒤에 내 소원을 이루지 못하고 충성을 다하지 못하여 결국 이 흉악한 땅에 와서 왕이 되었소. 지금 이 나라에서 내가 다스리는 사람들은 모두 전생에 반역을 하거나 큰 죄를 지은 간악하고 흉측한 무리들이오. 그들은 이곳에서 살면서 내 통제를 받고 나쁜 마음을 바로잡으려고 하고 있소. 그런 까닭에 마음이 정직하고 자기의 이익과 욕심을 버리지 않고는 하루도 이 나라의 왕이 될 수 없다오.

내 듣기로, 선비는 정직하고 의지가 굳어 세상에 있으면서 남에게·뜻을 굽히지 않는다고 하니, 참으로 달인(達人, 널리 사물의 이치에 정통한 사람. 달관한 사람)이시오. 그러나 이와 같은 선비의 높은 뜻을 세상에서 한 번도 펴 보지 못하였으니, 마치 형산(荊山)의 옥(玉, 보배로운 구슬. 중국 춘추 시대 초나라의 변화라는 사람이 형상에서 귀한 옥을 얻었다는 고사에서 비롯됨)이 티끌에 묻혀 있고, 밝은 달이 깊은 못에 빠진 것과 같다고 할 수 있소. 만일 슬기로운 장인(匠人, 목공이나 도공과 같이 손으로 물건을 만드는 일을 업으로 하는 사람)을 만나지 못한다면 어느 누가 참다운 보배를 알아볼 수 있겠소? 이 얼마나 슬픈 일이오? 이제 나는 운명이 다하여 이 자리를 떠나야 하오. 또한 선비도 수명이 이미 끝났으니, 이 나라의 백성들을 맡아줄 분은 선비 말고 누가 있겠소?"

말을 마치자마자 염마왕은 잔치를 벌여 박생을 후하게 대접하였다.

박생이 왕위를 물려받기로 하다

염마왕이 삼한(三韓, 한국의 상고 시대의 나라로 진한·변한·마한인데, 여기서는 한반도의 역사를 가리킴)의 흥하고 망한 역사에 대해 묻자 박생이 자세히 이야기하였다. 고려가 나라를 세우게 된 까닭까지 말하니, 염마왕은 두 번 세 번 한탄하며 말하였다.

"나라의 책임을 맡은 사람은 폭력으로 백성을 위협해서는 안 되는 것이니, 백성이 두려워서 잠시 복종하는 것 같지만, 마음속에는 불만을 품고 있다오. 오랜 세월이 지나는 동안 마침내 이것이 굳게 뭉쳐 큰일이 벌어지게 되는 것이오. 또 덕이 없이는 왕위를 차지할 수 없는 것이오. 하늘이 비록 묵묵히 말은 없을지라도 그 명령은 엄한 것이오. 나라는 백성의 것이고, 운명은 하늘이 내리는 것이오. 천명이 이미 왕을 떠나버리고 백성의 마음 또한 떠나가게 되면 아무리 자기 몸을 보전하려고 해도 어찌 할 수 있겠소?"

박생이 역대 제왕들이 이단을 믿다가 재앙을 당한 일을 이야기하자,
염마왕은 이맛살을 찌푸리며 말하였다.

"백성들이 정치를 잘한다고 노래를 부르며 찬양하는데도 홍수나 가뭄
이 닥치는 것은 하늘이 왕에게 모든 일에 더욱 삼가라고 깨우쳐 주기 위
한 것이오. 백성이 왕을 원망하는데도 하늘이 좋은 일을 나타내 보이는
것은 요괴가 왕을 꾀어서 그 판단력을 흐리게 하여 더욱 교만하고 방종
하게 만들려는 것이오. 역대 제왕들에게 이런 좋은 징조가 나타났을 때
백성들이 편안하게 살았는지 아니면 원통함을 호소하였는지 잘 생각해
보시오."

박생이 대답하였다.

"간신이 벌떼처럼 일어나고 큰 난리가 계속 일어나는데도 왕은 백성
들을 위협하고 그것을 잘한 일이라고 생각하고, 후세에까지 이름 남기
기를 구한다면 어찌 백성이 어찌 편안할 수 있겠습니까?"

염마왕이 한참을 묵묵히 생각하다가 탄식하며 말하였다.

"아아! 선비의 말이 옳소."

염마왕은 잔치를 거두고 박생에게 왕위를 물려주고자 곧 직접 선위문
(禪位文, 왕위를 물려준다는 선언문)을 지어 박생에게 내려주었다. 그 내용은
이러하였다.

우리 염주 땅은 실로 장려(瘴癘, 동식물의 주검에서 만들어지는 독으로 인해
생기는 병)가 유행하는 나라다. 옛날 우(禹) 임금(중국 상고 시대 하나라의 왕. 구

주를 돌아다니며 조세를 안정시키고 물을 잘 다스리는 데 노력했다고 함)이 9년 동안 홍수를 다스릴 때에도 이곳에는 오지 않았고, 목왕(穆王, 중국 주나라의 왕. 즉위한 뒤에 여덟 마리의 명마를 타고 천하를 돌아다녔다 함)이 여덟 마리의 명마를 타고 천하를 두루 돌아다닐 때에도 이곳에는 오지 않았다. 붉은 불꽃같은 구름이 해를 가리고, 독한 안개가 하늘을 막았으며, 목마를 때는 펄펄 끓는 구리 물을 마셔야 하고, 배고프면 불에 벌겋게 단 쇠를 먹어야 한다. 야차(夜叉, 귀신의 이름. 용모가 매우 추악하며 사람을 해치는 잔인하고 혹독한 귀신), 나찰(羅刹, 악한 귀신의 하나. 사람을 잡아먹으며 지옥에서 죄인들을 못살게 군다고 함)이 아니면 발붙일 곳이 없고 도깨비 무리가 아니면 그 기운을 펼 수가 없는 곳이다. 불꽃이 타오르는 성(城)이 천 리나 되며 쇠로 된 산이 만 겹이나 된다. 백성들의 풍속이 거칠고 억세어서 정직하지 않으면 그들의 간사함을 판단할 수가 없다. 지세가 험하니 신과 같은 위엄 있는 사람이 아니면 그들을 교화시킬 수 없다.

　이제 동쪽 나라에 사는 어떤 선비가 정직하고 자기 이익을 구하는 데 욕심이 없으며 강직하고 결단력이 있고, 여러 사람을 포용하는 덕을 갖추고 있다. 또한 재능이 남달리 뛰어나며 어리석은 사람을 깨우쳐 줄 재주를 가지고 있다. 살아 있을 동안에는 세상에서 인정을 받거나 영화를 누리지는 못하였으나, 죽은 후에는 기강(紀綱, 으뜸이 되는 중요한 규칙과 질서)을 바로잡고 백성을 잘 다스릴 수 있을 것이다. 수많은 백성이 영원히 믿고 의지할 수 있는 사람이 선비가 아니고 누가 있겠는가. 마땅히 백성을 덕으로 이끌고 예로 다스려 지극히 선하게 만들라. 몸소 실천하고 마음으로 얻는 것이 있게 하여 온 세상을 태평하게 하라. 하늘의 뜻을 받들어 법을 세운 요(堯) 임금이 순(舜) 임금에게 왕위를 물려주었듯이 나 또한 선비에게 예를 갖추어 왕위를 줄 것이니, 아아 선비는 삼가하여 받아들이라!

박생이 이 선위문을 받들어 두 번 절하고 예식을 마친 뒤 물러나왔다.

왕은 신하와 백성들에게 분부를 내려 축하하게 하고 세자의 예로 축하를 하게 한 뒤에 그를 잠시 고국으로 돌려 보내었다. 그리고 또 박생에게 다시 말하였다.

"머지않아서 다시 이곳으로 와야 하오. 이번에 우리가 나눈 말들을 인간 세상에 전파하여 황당하다는 말을 듣는 일이 없도록 해 주시오."

박생이 다시 절하며 감사의 뜻을 표하고 대답하였다.

"어찌 왕의 뜻을 백성들에게 알리는데 만에 하나라도 게으름이 있겠습니까?"

박생이 염마왕에게 작별 인사를 하고 궁궐 문 밖으로 나와서 수레를 탔다.

박생이 세상을 떠나 염라왕이 되다

이때 수레를 끄는 사람이 발을 헛디뎌 진흙 속에 빠지자 수레가 넘어지고 말았다. 박생은 그 바람에 땅에 떨어졌다. 깜짝 놀라 깨어보니 꿈을 꾼 것이었다. 눈을 떠서 바라보니 책상 위에는 책이 널려 있고 등불은 가물가물 꺼져가고 있었다.

박생은 의아한 마음으로 한참 동안 앉았다가 자신이 인간 세상에 오래 있지 못할 것을 예감하고 그날부터 집안일을 정리하는 데 정신을 쏟았다.

두어 달 후 병이 든 박생은 자신이 회복하지 못할 것을 알고 의원이나 무당의 치료를 받지 않은 채 누워 있다가 마침내 세상을 떠났다. 그가 막 세상을 떠나려 하던 날 저녁, 이웃집 사람들의 꿈에 한 신인(神人, 신령

스러운 사람. 신령 또는 신선을 가리킴)이 나타나서,

"당신 이웃에 사는 박생이 장차 염라대왕(閻羅大王, 불교에서, 죽은 이의 영혼을 다스리고, 생전의 행동을 심판하여 상벌을 주는 염라국의 왕)이 될 것이다."

라는 말을 전하였다고 한다.

이야기 따라잡기

  세조 11년 경주에 사는 박생이라는 젊은 학자는 일찍부터 유학(儒學)을 공부했으면서도 과거급제에 실패하여 불만을 품고 지낸다. 그러나 뜻이 높고 강직하며 인품이 훌륭하여 주위의 칭찬을 받는다. 그는 평소에 귀신·무당·불교 등의 이단에 빠지지 않으려고 유교경전을 읽고, 천하의 이치는 한 가지뿐이라는 주장을 담은 「일리론(一理論)」을 만들어 자신의 뜻을 더욱 확고하게 다져 나간다.

  어느 날 박생은 밤늦도록 책을 읽다가 잠이 든다. 잠을 자던 중 박생은 꿈에서 먼 남해 한가운데 있는 섬인 남염부주라는 나라에 도착하였다. 이 섬나라 주변에는 무쇠로 된 낭떠러지가 바다기슭을 따라 성벽처럼 둘러섰고 성 안은 풀도 없고 모래도 흙도 없는 곳으로 발에 밟히는 것이라곤 구리가 아니면 무쇳덩이다. 낮에는 이글이글 타는 불꽃이 높이 올라온 천지가 녹아 내리며 밤이 되면 찬바람이 불어와 사람의 뼛속까지 에이는 듯하다.

박생은 사신들에게 인도되어 연꽃수레를 타고 황금산 아래에 있는 궁궐에 들어가 남염부주의 왕을 만나 임금의 극진한 대접을 받는다. 이 섬나라에는 인간 세상에 있을 때 온갖 반역의 죄를 지은 자들, 백성들을 위협하고 부귀영화만을 꿈꾸던 간악한 자들이 활활 타오르는 불길 속과 꽁꽁 얼어붙은 얼음 속에서 반성하며 단련을 받고 있는 곳으로, 이 섬은 오직 인품이 남달리 강직하고 자기 이익에 욕심이 없는 사람만이 다스릴 수 있다는 것을 알게 된다.

마음이 잘 통하다는 것을 알고부터 박생과 염마왕(염라대왕)은 인간 세상에 대해 진지하게 이야기를 나눈다. 이때 유교·불교·미신·윤회 등에 대한 문제부터 역대 제왕의 흥망성쇠에 대해 이야기하며 더욱 진지해진다. 박생은 주고받는 이야기 속에서 왕과 의견을 같이하게 되면서, 자신의 견해가 옳다는 것을 재확인한다.

원래 미신에 대해 의심을 품고 있던 박생은 "천하에 천당과 지옥이 있다"고 떠드는 세상 사람들이 있는데, 이런 것이 과연 있느냐고 묻는다. 그러자 왕은 어리석은 사람들이 자기 행복을 빌기 위하여 재물을 낭비하면서 귀신과 부처에게 공양하는 것은 부질없는 일일 뿐만 아니라 깨끗한 정토를 더럽게 만들기 때문에 오히려 엄한 벌을 받아야 한다고 대답한다. 또 나라의 흥망성쇠에 대해 이야기할 때는 박생과 왕 모두 백성을 폭력으로 다스리게 되면 오히려 백성의 반항심이 커져 큰일이 난다고 말한다. 그러자 박생은 나라가 처한 비통한 처지와 운명에 대해 이야기하며 폭군과 간신들의 죄를 밝힌다.

왕은 박생의 참된 지식을 칭찬하고 그 능력을 인정하여 왕위를 물려

주겠다며 선위문(禪位文)을 내려 주고는 세상에 잠시 다녀오라고 한다. 왕에게 작별 인사를 하고 궁궐 문을 나와 수레를 탄 박생은 수레가 넘어지는 바람에 깜짝 놀라 꿈에서 깨어난다. 그는 죽을 날이 다가온 것을 알고 집안일을 정리하고 지내다가 얼마 뒤 병을 얻게 된다. 그는 의원과 무당을 불러 병을 고치지 않고 지내다가 조용히 세상을 떠난다. 박생이 세상을 떠날 때 이웃집 사람들 꿈에 한 신인이 나타나 박생이 염라대왕이 될 것이라고 말한다.

쉽고 읽고 이해하기

박생이 남염부주에 간 까닭은?

「남염부주지」는 다른 네 편의 작품과는 달리 박생이 왜 남염부주라는 곳에 왔는지가 분명하게 나와 있지 않다. 다만 『주역』을 읽다가 잠든 박생이 깨어 보니 먼 남해 한가운데 섬나라였다고 한다. 그러다가 성을 지키는 문지기를 통해 박생이 이곳에 오게 된 것이 우연을 가장한 필연임을 이야기한다. 문지기는 박생을 '이치를 잘 아는 훌륭한 선비'로 알아보고, 왕 또한 "당신과 같은 선비를 만나 동쪽 나라에 한 말씀을 전하려고" 한다는 말을 전한다. 즉 박생의 남염부주 방문은 예견된 일이었다는 말이다.

박생과 염마왕의 대화 속에서 알 수 있는 것은?

이 작품은 김시습의 사상, 곧 그의 종교관, 인생관이 가장 명쾌하게 나타나 있는 작품이다. 우주의 원리를 달관하는 작가의 음양오행설과 귀

신관을 비롯하여 군자와 소인의 구별, 정치가들의 도리에 걸쳐 질서정
연하게 논리를 전개해 나가고 있다.

박생은 불교의 부패를 강력하게 비판하는 유학자이지만, 결국 염라국
의 왕위를 이어받는 모습을 보임으로써 역설적인 면을 보인다. 그러면
서 귀신관을 통해서는 무신론(無神論)의 입장을 밝히고, 유교는 정직하고
불교는 허황하다고 보면서도 다같이 올바른 도리로 나아간다는 점에서
조화를 이룰 수 있다는 결론을 내린다.

작품에 나타난 남염부주와 염마왕은 작자가 자신의 사상이 타당한 것
임을 입증해 보이기 위하여 설정한 가상적인 공간과 인물이다. 이들의
대화 속에서 세 가지의 사상을 발견할 수 있다.

첫째는 유교가 불교보다 우위에 있다는 것으로, 이 주장에 곁들여 불
교의 미신적 타락상도 날카롭게 비판한다. 유교 사상은 주인공의 기본
사상이자 작가의 기본 입장이기도 하다. 그러나 "주공과 공자는 문물이
밝은 중국에서 태어난 성인이고, 구담(석가모니)은 간사하고 흉악한 인
도에서 태어나 그 말과 법이 허황하다. 인도의 소인을 다스리는 데는 없
어서는 안 될 도리"라고 하며 불교의 필요성을 말하기도 한다. 그리고
유교나 불교가 모두 바른 도리로 나아가는 데 목적이 있다며, 유불조화
론을 펴기까지 한다.

둘째는 세계관에 관한 것으로 세계에는, 현실 세계만 존재할 뿐 천당,
지옥, 저승과 같은 세계는 존재할 수 없으며, 천하 즉 세상의 이치도 하
나일 뿐이라는 주장이다. 즉 미신적, 신비주의적 세계관을 부정하고 현
실적, 합리주의적 세계관을 보여 주고 있다.

셋째는 정치적인 견해로, 역대 제왕의 예를 들어 폭력과 억압으로 나라를 다스리는 자에 대하여, 백성을 옹호하는 입장에서 경고하는 내용이다. 이것은 세조가 단종을 폐위하고 왕위를 빼앗은 일에 대해 풍자한 소설임을 입증해 주는 것이기도 하다. 폭력으로 백성을 위협하거나 덕 없이 권력으로 왕위에 오르는 것을 강력히 비난한 것이라든지, 인간 세계에서 부모나 왕을 죽인 대역 죄인이나 간사하고 흉악한 자들이 고통을 당하는 곳으로 남염부주를 설정한 것이 이를 뒷받침한다. 이 같은 사상의 타당성과 중요성을 강조하면서 그러한 강직한 신념을 가진 유능한 인물을 받아들이지 않는 그릇된 세상을 은근히 비판하고 있다. 한편 남염부주의 설정은 현실의 불행을 나중에 조금이나마 위로받고자 하는 사람들의 소망을 반영한 것이기도 하다.

따라서 「남염부주지」는 작가의 사상을 집약적으로 반영하고 있을 뿐만 아니라 유교적 세계관과 정치의식을 밀도 있게 다룬 최초의 소설이라고 볼 수 있다.

「용궁부연록」은

노래와 시, 고사의 인용으로

김시습의 박식함을 엿볼 수 있는 소설이다.

용꿈에 큰 잔치는 한생이라는

선비가 용왕의 초대로 용궁에 가서

용왕의 딸을 위해 별궁의 상량문을 지어 주고

융숭한 대접을 받은 뒤 돌아왔다는

내용을 담고 있다.

용궁부연록

글 잘하는 선비 모셔다가 좋은 글을 짓게 하고,
그 높은 덕 노래하여 큰 들보를 올렸네.

등장인물

한생 고려 때 글을 잘하는 젊은 선비로서 조정에 알려지고 문사(文士)라는 칭찬
을 받는 인물이다. 그는 나라에서는 말할 것도 없고 용궁에까지 이름이 잘
알려져 있다. 그래서 신룡의 초대를 받고 별궁의 상량문을 지어 주고는, 윤
필연에서 극진한 대접을 받는다. 그리고 용궁을 구경한 뒤 인간 세상으로 돌
아왔다가 부귀영화가 덧없음을 깨닫고 속세를 떠나 명산으로 들어간다.

신룡(용왕) 박연폭포 아래의 용궁에 살지만 인간 세상에도 관심을 가지고 있는
인물이다. 딸을 위해 짓는 별궁에 어울리는 상량문을 걸려고 양생을 초대하
여 대접한다. 그리고 한생으로 하여금 인간 세상에서 얻는 명예와 이익이 덧
없음을 깨닫도록 만들어 주는 역할을 한다.

용궁부연록

송도의 천마산에는 표연이 유명하다

송도(松都, 지금의 경기도 개성)에 천마산(天磨山, 개성 송악산 북쪽에 있는 산)이 있는데, 산이 높아 하늘에 닿을 듯하며 가파르고 아름답다 하여 천마라는 이름을 얻게 되었다.

그 산속에 용추(龍湫, 폭포가 떨어지는 힘으로 파진 큰 웅덩이)가 있는데, 그 이름은 표연(瓢淵, 박연폭포. 경기도 개풍군에 있는 폭포 이름)이라 하였다. 그 둘레는 얼마 되지 않지만 그 깊이는 몇 길(길이의 단위. 8자 또는 10자 정도를 한 길이라고 함. 자는 약 30㎝의 길이)이나 되는지 알 수 없으며, 거기에서 넘친 물이 백여 길이나 되는 폭포를 이루고 있었다.

경치가 아름다워서 송도를 구경하는 사람들은 반드시 이곳에 와 보았다. 옛날부터 이곳에 신령스러운 존재가 살고 있다는 전설이 역사 기록에도 실려 전하므로, 나라에서는 해마다 명절이 되면 소나 돼지를 잡아서 제사를 지냈다.

문장이 뛰어난 한생이 신룡의 초대를 받다

고려 때에 한생(韓生)이라는 사람이 살고 있었다. 어려서부터 문장이 뛰어나다고 조정(朝廷, 임금이 나라의 정치를 실제로 하던 곳)에 알려져서 칭찬을 받았다.

어느 날 한생이 홀로 집에 앉아 있는데 해 저물 때가 되어서 갑자기 푸른 베옷을 입고 복두(幞頭, 과거에 급제한 사람이 홍패(紅牌)를 받을 때 쓰던 관. 홍패는 문과에 급제한 사람에게, 성적과 등급·이름 따위를 붉은 종이에 적어 내어 주던 증서)를 머리에 쓴 관리 두 사람이 공중에서 내려와 뜰 아래 엎드려 절하며 말하였다.

"저희들은 표연에 계신 신룡(神龍)의 분부를 받고 선비를 모시러 왔습니다."

한생은 깜짝 놀라 얼굴빛이 변하며 말했다.

"인간 세상과 신의 세상은 길이 서로 다른데 어찌 서로 함께할 수 있겠습니까? 더구나 수부(水府, 용궁)는 길이 멀고 물결이 사나운데, 어찌 갈수가 있겠습니까?"

그러자 두 사람이 말하였다.

"어디든지 갈 수 있는 날랜 말을 문밖에 이미 준비해 놓았으니 염려하지 마십시오."

그들이 몸을 굽혀 한생의 소매를 잡고 문밖으로 나갔다. 과연 밖에는 말 한 필이 있었다. 금으로 만든 안장과 옥으로 꾸민 굴레에 누런 비단으로 허리띠를 둘러놓았는데 날개가 돋혀 있었다. 그 옆에는 붉은 두건을 이마에 둘러쓰고 비단 바지를 입은 십여 명의 사람들이 서 있었다. 그들이 한생을 부축하여 말 위에 태운 뒤에 일산(日傘, 햇볕을 가리기 위해 한 곳에 세우는 큰 양산)을 든 사람이 앞에서 인도하고 그 뒤를 기생과 악공들이 뒤따랐다. 푸른 옷을 입은 두 사람도 홀(笏, 벼슬아치가 궁궐에 들어가 임금을 뵐 때 조복(예복)을 갖추어 손에 쥐던 패)을 들고 따라왔다.

한생이 탄 말이 공중을 향해 날아가는데 발 아래에는 자욱한 연기와 구름만 보일 뿐 땅은 보이지 않았다.

이리하여 그들 일행은 눈 깜짝할 사이에 용궁 문 앞에 도착하였다. 한생이 말에서 내려서 보니 방게, 새우, 자라 등의 갑옷을 입은 문지기가 창을 들고 빽빽하게 늘어서 있는데, 그들 눈자위가 한 자쯤이나 되었다. 그들이 한생을 보자 모두 머리 숙여 절하고 의자를 권하며 앉아 쉬라고 하였다. 아마 한생이 올 것을 미리 알고 기다린 듯하였다.

이때 한생을 안내한 두 사람이 안으로 들어가 전하자, 곧 푸른 옷을 입은 동자 둘이 나와서 손을 모으고 공손히 한생을 안내하였다. 한생이 조심스럽게 나가다가 궁문(宮門)을 쳐다보니 현판(懸板, 글씨나 그림을 새기거나 써서 문 위의 벽 같은 곳에 다는 널조각)에 '함인지문(含仁之門, 한양의 흥인지문(동대문의 원이름)이라 하는 것과 같은 뜻)'이라고 씌어 있었다.

한생이 신룡의 청을 받아들이다

한생이 문 안에 들어가자 신룡이 절운관(切雲冠, 머리에 쓰는 관의 이름. 구름을 꺾은 것과 같이 높고 우뚝한 모양임)을 머리에 쓰고 칼을 찬 채, 손에 홀을 들고서 뜰 아래에 내려와 맞이하였다. 신룡이 그를 이끌고 전각(殿閣, 임금이 사는 궁궐. 또는 궁궐 안의 누각)으로 올라가 의자에 앉기를 청하였다. 그런데 그 의자는 수정궁(水晶宮) 안에 있는 백옥으로 된 의자였다.

한생이 엎드려 간곡하게 그 의자를 사양하며 말하였다.

"저는 땅 위에 사는 어리석은 백성으로서 풀이나 나무와 같이 썩어 없어질 몸인데, 어찌 존엄하신 신룡님께 융숭한 대접을 받겠습니까?"

그러자 신룡이,

"오래전부터 선비의 고귀한 명성을 들었기에 한 번 만나고 싶었는데, 이제야 모시게 되었소. 부디 의아하게 생각지 마시오."

하고는 손을 내밀어 한생에게 그 의자에 앉으라고 청하였다. 한생이 세 번 사양한 뒤에 마침내 자리에 오르자, 신룡이 남쪽을 향해 화려한 칠보(七寶, 불교에서 말하는 일곱 가지 보물) 의자에 앉았다. 한생은 서쪽을 향해 앉으려 하였는데 자리를 잡기도 전에 문지기가 와서 전하였다.

"손님들이 또 오셨습니다."

신룡은 곧 문밖으로 나가서 그들을 맞이하였다. 손님 세 사람이 붉은 도포를 입고 아름다운 보련(寶輦, 위에는 장식이 달리지 않은 임금이 타던 가마의 하나. 옥교라고도 함)을 타고 왔다. 그 위엄 있는 모습과 시중 드는 사람들로 보아 왕의 행차임에 틀림없었다. 신룡은 다시 그들을 전각 위로 안내하였다.

그때 한생은 들창 밑으로 몸을 숨겼다. 그들이 자리를 정해 앉으면 직접 인사를 청할 생각이었다.

마침 신룡이 세 손님을 전각으로 올라오게 하고 동쪽을 향하여 앉게 한 뒤에,

"마침 인간 세상에서 글 잘하는 선비 한 분을 오늘 이 자리에 모셨소. 여러분께서는 서로 의아해 하지 마시오."

신룡은 곁에 있는 사람들에게 명하여 한생을 다시 들어오게 하였다. 한생이 들창 밑에서 나왔어도 여전히 윗자리에 앉기를 사양하며,

"여러분 모두 귀하신 분들이고 저는 가난한 선비일 뿐인데, 제가 어찌 여러분과 같은 자리에 오를 수 있겠습니까?"

하자, 그들이 말하였다.

"그렇지 않소. 우리가 사는 음의 세계와 선비가 사는 양의 세계는 길이 달라서 서로 함께할 수는 없소. 하지만 신룡님께서는 인격이 높으시고 사람을 보는 안목 또한 매우 밝으시오. 선비를 이렇게 초대하신 것으로 보아 선비는 분명 인간 세상의 문장 대가(大家)일 것이오. 그러니 신룡님께서 명하신 대로 따르는 것이 어떻겠소?"

신룡이,

"어서들 자리에 앉으시오."

하고 권하자, 세 손님이 먼저 자리에 앉고 한생은 몸을 굽혀 올라가서 겸손하게 의자 주변에 무릎을 꿇고 앉았다.

이렇게 모두 자리를 정한 뒤에 찻잔이 한 바퀴 돌아갔다. 차를 다 마시자 신룡이 한생에게 말하였다.

"내 일찍이 자식을 두지 못하다가 다행히 딸 하나를 얻었는데, 이미 관계례(冠笄禮, 성년예식으로, 남자가 갓을 쓰고 여자가 비녀를 꽂음)를 지냈고 이제 곧 혼인을 시키려고 하오. 하지만 이곳이 어둡고 누추한 까닭에 손님을 맞이할 관사(館舍, 지난날, 외국 사신이나 왕명을 받고 온 벼슬아치를 머물게 하던 집)도 없

고, 화촉을 밝힐 만한 방도 제대로 갖추지 못하였소. 그래서 지금 따로 전각 한 채를 세우려고 하는데, 가회각(嘉會閣)이라는 이름은 이미 붙였소. 집지을 목수도 이미 모여 있고 나무와 돌 같은 재료도 모두 마련해 두었소. 다만 한 가지 빠진 것이 있다면 상량문(上樑文, 집을 지을 때에 기둥들 사이에 나무를 건너지르게 얹고, 그 위에 마룻대를 올리는 일(상량)을 할 때에 건물이 오래도록 안전하기를 축복하는 글)이라오. 내가 듣기로 선비 이름이 삼한(三韓, 상고 시대, 우리나라 남부에 위치해 있던 세 군장(君長) 국가. 곧, 마한ㆍ진한ㆍ변한)에 널리 알려져 있고 재주가 백가(百家, 많은 학자, 또는 작가) 가운데 으뜸이라고 해서 특별히 초대한 것이오. 나를 위하여 상량문 한 편을 지어 주시면 고맙겠소."

한생이 신룡의 딸을 위해 상량문을 짓다

신룡의 말이 끝나자마자 두 동자가 푸른 옥벼루와 소상반죽(瀟湘斑竹, 중국 소상강 부근에서 자라는 알록달록한 대나무. 그 무늬는 순임금의 두 부인인 아황과 여영이 순 임금의 죽음을 슬퍼하며 흘린 눈물의 자국이라고 함)을 받들고, 또다른 동자는 얼음같이 새하얀 비단 한 폭을 받들고 와서 한생 앞에 꿇어앉았다.

한생이 비단을 깔아 놓은 자리에 가서 엎드렸다가 일어나 붓을 잡고 먹을 찍어 글을 써 나갔다. 그 글씨는 마치 구름과 연기가 서로 얽히는 듯하였다. 그 글은 이러하였다.

삼가 말씀드리는데, 하늘과 땅 사이에는 신룡께서 가장 성스럽고, 사람들 사이에서는 배필이 지극히 소중합니다. 신룡님께서 이미 만물을 윤택하게 만든 공로가 있으시니 어찌 복받을 터전이 없겠습니까?

그런 까닭에 『시경』의 「관저호구(關雎好逑)」라는 옛 노래는 '꾸룩꾸룩 물수리, 모래톱에서 우는데, 얌전한 저 아가씨는, 군자의 좋은 배필이구나'라며 아름다운 만남이 모든 조화의 시작임을 나타내고 있습니다.

『주역』의 「건괘(乾卦)」에서 '비룡리견(飛龍利見)'이라는 구절도 보면 '나는 용이 하늘에 있으니 뜻있는 사람들을 만나기 이롭다'며 인연 있는 만남이 만물의 신령한 변화의 자취를 표현한 말입니다.

이제 새로이 전각을 세우고 좋은 이름을 지어 현판을 높이 붙여 놓고, 이무기를 한 곳에 모아 힘을 내게 하고, 조개를 모아 건축 재료로 삼았으며, 수정과 산호로 기둥을 세우고, 용의 뼈와 진귀한 옥으로 들보(건물의, 칸과 칸 사이의 두 기둥 위를 건너지른 나무)를 걸었습니다. 이렇게 전각을 세운 뒤에 주렴(珠簾, 구슬을 꿰어 만든 발)을 걷으면 산에는 숲이 푸르고 구슬 창을 열면 골짜기의 구름이 둘러싸고 있습니다. 그 안에 사는 가정은 모든 일이 잘 되어 복을 영원히 누릴 것이며, 부부가 금슬이 좋고 화목하여 자손이 귀하게 되고 만세(萬世)를 누릴 것입니다.

풍운의 변화가 도(道)와 영원히 조화의 공덕을 쌓으셨습니다. 그리하여 신룡께서는 하늘에 높이 오를 때나 깊은 못에 있을 때나 인간 세상의 백성들의 목마른 바람을 이루게 해 주실 것이고, 모습을 숨기든지 나타내든지 옥황상제의 어진 마음을 도우실 것입니다. 그 힘은 하늘과 땅에서 솟구치고 그 위엄과 덕은 먼 곳까지 넘쳐 흐르고 있습니다. 검은 거북과 붉은 잉어는 춤을 추며 노래 흥을 돋우고, 나무 귀신과 산의 도깨비도 차례로 찾아와 축하드리고 있습니다. 저도 여기에 짧은 노래를 지어 들보에 새겨 걸어야겠습니다.

들보 동쪽을 바라보니
높고 높은 푸른 산이 저 하늘을 향해 솟아 있구나.
하룻밤 우렛소리 시냇가에 울려 퍼지니
푸른 벼랑 만 길이나 되는 곳에 구슬빛이 영롱하네.

들보 서쪽을 바라보니
높은 바위 끼고 굽이굽이 돌아가는 길에
산새들이 우짖는다.
깊고 깊은 저 연못 몇 길이나 되겠는가.
깊어진 봄물이 푸른 유리처럼 어리네.

들보 남쪽을 바라보니
십 리나 우거진 솔밭에 푸른 기운이 끼어 있네.
굉장한 저 신의 궁궐을 그 누가 알겠는가.
푸른 유리 밑에 그림자만 잠겨 있네.

들보 북쪽을 바라보니
아침 햇살 처음 오를 때 연못 푸른 거울 되고
흰 비단 삼백 길이 저 하늘에 펼쳐진 듯
하늘 위의 은하수가 이곳으로 떨어지네.

들보 위쪽을 바라보니
푸른 하늘 흰 무지개를 손 뻗어 어루만지듯
발해 동쪽 바다 부상(扶桑, 동쪽 바다의 해가 뜨는 곳에 있다고 하는 신령스러
운 나무, 또는 그것이 있다는 곳)은 멀고 멀어 천만 리라.
인간 세상 돌아보니 손바닥과 똑같네.

들보 아래쪽을 내려다보니
어여쁘구나, 봄 들판에 아지랑이 아른거리네.
신령스러운 물 한 줄기 이곳에서 길어다가
온 세상에 단비와 같이 뿌려 보면 어떠할까.

삼가 바라오니 이 전각을 세운 뒤에 혼인하여 화촉의 밤을 맞게 되면 만복이

함께 하고, 온갖 좋은 징조가 모두 모여들 것입니다. 옥으로 만든 궁궐과 전각에 상서로운 구름이 에워싸고, 원앙을 수놓은 이불과 봉황을 수놓은 베개에 기쁨에 넘치는 소리가 끝이 없을 것입니다. 또한 그 덕이 나타나고 그 신령함이 빛나게 될 것입니다.

한생은 글쓰기를 다 마치자 곧 신룡에게 바쳤다.

한생이 신룡에게 융숭한 대접을 받다

신룡이 크게 기뻐하며 손님 세 사람에게 그 글을 보이니 모두 입을 모아 감탄하며 칭찬하였다.

이에 신룡은 한생의 상량문을 칭찬하는 뜻으로 잔치를 베풀었다. 곧 윤필연(潤筆宴, 글씨를 쓰거나 그림을 그린 사람에게 감사의 뜻으로 대접하는 잔치)을 연 것이다.

한생이 무릎을 꿇고 앉아 말하였다.

"존귀하신 신(神)들이 한자리에 모이셨는데, 존함(尊銜, 남을 높이어 그의 '이름'을 부르는 말)을 여쭈지 못하였습니다."

신룡이 말하였다.

"선비는 인간 세상에서 온 사람이라 당연히 모르실 것이오. 이 세 분 가운데 첫째 분은 조강신(祖江神, 한강이 바다로 들어가는 곳의 신)이고, 둘째 분은 낙하신(洛河神, 한강의 신. 낙하는 한강을 흔히 일컫던 말)이고, 셋째 분은 벽란신(碧瀾神, 예성강 중류에 있는 신)입니다. 제가 선비와 자리를 함께할까 하여 이렇게 초대한 것이오."

곧 술이 나오고 풍악이 울리자 미인 십여 명이 푸른 소매를 하늘거리며 머리에 옥으로 만든 꽃을 꽂고 나타났다. 미인들은 서로 나오거니 물러서거니 하며 춤을 추며 벽담곡(碧潭曲, 푸른빛이 감도는 깊은 못에 대해 읊은 노래) 한 곡조를 불렀다.

> 푸른 산은 아득하고 푸른 못은 깊기도 하구나.
> 폭포는 힘차게 솟구쳐 하늘 은하수에 닿을 듯하구나.
> 저 가운데 계신 님이여! 허리에 찬 옥소리 쟁쟁한데,
> 위엄은 빛나고 흐르는 기세는 훤칠하기도 하구나.
> 좋은 때 길한 날에 봉황새 날아와 지저귈 때
> 날아오를 듯한 이 전각은 화려하기도 하네.
> 상서롭기도 하여라, 그 우뚝 세워진 신령스러움이여.
> 글 잘하는 선비 모셔다가 좋은 글을 짓게 하고,
> 그 높은 덕 노래하여 큰 들보를 올렸네.
> 향긋한 술을 술잔에 담아 돌리고,
> 가벼이 나는 제비처럼 봄햇살을 즐기는구나.
> 향로에서 향불이 피어올라 매운 향기를 풍기고,
> 솥 안에서 붉은 죽이 끓고 있네.
> 어고(魚鼓, 목어의 양쪽에 가죽을 대어 만든 북)를 두드리는 소리 요란스레 울리고,
> 용적(龍笛, 용머리 모양의 피리)을 부는 소리 따라 행진곡 울려 퍼지네.
> 신들은 의젓하게 의자에 앉아 구경하고,
> 지극하신 덕을 우러러 영원히 잊을 수 없어라.

춤이 끝나자 다시 젊은이들 십여 명이 왼손에는 피리를 들고 오른손에는 일산을 들고 서로 돌아보면서 회풍곡(回風曲, 중국의 한무제 때 유명한 가수

이자 음악을 연구하는 악부의 우두머리를 지낸 이연년이 불렀다는 노래)을 불렀다.

　산기슭에 사람이 있다면,
　벽려(薜荔, 산과 들에 저절로 나는 노박덩굴과에 속하는 덩굴풀)로 옷을 입고
여라(女蘿, 선태류에 속하는 이끼. 주로 나무 위에 나는데 광택이 나고 줄기가
실과 같이 가늘고 길다고 함)띠를 둘렀다 하겠네.
　해가 저물어 맑은 물결 일어,
　가느다란 무늬가 고운 비단같구나.
　나부끼는 바람 앞에 귀밑머리 헝클어지고,
　새털 같은 구름은 하늘거리는 옷자락 같네.
　빙빙 돌면서 해파리같이 꼬불거리니,
　예쁜 웃음으로 서로 마주치네.
　내가 입은 홑옷은 벗어서 여울 위에 던지고,
　내가 꼈던 가락지는 찬 모래밭에 버려 두네.
　뜰 잔디에 이슬이 젖어 촉촉하고,
　높은 산에는 연기가 자욱하구나.
　멀리 뵈는 저 산봉우리는
　마치 강물 위에 솟은 푸른 소라 같네.
　가끔씩 울리는 징소리 따라
　술 취해 비틀거리며 춤을 추네.
　술은 물처럼 많고, 고기는 산같이 쌓여 있는데,
　손님은 이미 취해서 얼굴이 달아올랐구나.
　새로 지은 노래 따라 흥에 겨워 노래 부르네.
　몸을 서로 부축하고 서로 끌며
　서로 손뼉 치고 웃기도 하네.
　옥 술병을 두드리면서 끝없이 술을 마셨으니,
　맑은 흥취 다하고 슬픈 마음이 솟아나네.

춤이 끝나자 신룡이 기뻐 손뼉을 치고, 다시 술잔을 씻어 술을 부어 한생에게 권하였다. 그리고 옥으로 만든 피리를 들고 「수룡음(水龍吟, 고려 시대에, 나라에서 잔치를 베풀 때 쓰이던 반주 음악. 농(弄)·낙(樂)·편(編)의 3악장으로 되어 있음)」이라는 노래를 부르며 즐거워하였다.

풍악 소리 들리는 가운데 술 한 잔 가득 부어 돌리니
기린이 그려진 향로에서는 푸른 용뇌(龍腦, 동인도에서 나는 용뇌수라는 나무에서 덩어리로 되어 나오는 무색 투명한 결정체. 방충제나 향취제로 사용됨) 향기 피어오르고
저 옥피리 소리에 하늘 위의 푸른 구름도 사라지네.
소리는 파도에 부딪쳐 꺾이고 바람은 달빛을 흔드네.
경치는 한가한데 사람은 늙는구나.
애달파라, 세월은 화살같이 빠른데
풍류조차 꿈만 같구나.
즐거움도 간데없으니 이 시름 어이할까.
서산에 낀 저 연기는 이 저녁에 흩어지고
동쪽 산봉우리에 둥근 달이 기쁘게도 돌아오네.
술잔을 높이 들어 푸른 하늘과 밝은 달에 물어보자.
세상 일이 좋고 나쁜 것을 몇 번이나 보았는가.
금잔에 술을 가득 부으니
사람이 옥 같은 산봉우리에 쓰러져 있네.
그 누가 쓰러뜨렸을까, 이 멋진 손님을.
십 년 구름과 흙탕물과 같은 속세의 생활에서 벗어나
푸른 하늘 높은 곳에 유쾌하게 올라보세.

신룡이 노래를 마친 뒤에 좌우를 돌아보면서 말하였다.

"우리 놀이는 인간 세상과 다르니, 그대들은 귀하신 손님을 위하여 재주를 다 보이는 것이 어떠한가?"

곽개사가 춤추며 노래하다

이때 한 사람이 곽개사(郭介士, 게의 다른 이름. 곽(郭, 둘레 곽)은 게의 걸음걸이에서 따왔고, 개 개(딱딱한 껍질 개)는 등딱지가 딱딱한 갑각류 생물을 가리킴)라고 자기를 소개하면서 옆걸음으로 나와서 말하였다.

"저는 바위 틈에 숨어 사는 선비이고, 모래굴 속에서 한가로이 사는 사람입니다. 팔월에 바람이 맑으면 동해 바닷가에 올라가 벼 가시랭이(벼의 까끄라기. 게는 독초를 먹기 때문에 팔월에 벼를 패고 난 뒤 벼 가시랭이를 먹어야 독이 제거되어 사람이 먹을 수 있음)를 가져오고, 높은 하늘에 구름이 흩어져 맑게 갤 때면 남정성(南井星, 별 이름. 그 옆에 거해성이 있음) 옆에서 빛을 냅니다. 뱃속은 누렇고 밖은 둥글며, 단단한 갑옷을 입고 날카로운 무기를 가졌습니다. 항상 내 몸뚱이는 사지가 찢긴 채 솥 안에 들어갑니다. 멋스러운 감칠맛으로 장사(壯士)를 기쁘게 해주고, 옆걸음질 치는 꼴은 부인들에게 웃음을 주었습니다. 옛날 왕륜(王倫, 중국 조나라 사람으로, 해계(蟹系)라는 사람과 원수가 되어, 물속에 있는 해(蟹, 게)까지 미워했다고 함)은 물속에 있는 저까지도 미워했으나, 전곤(錢昆, 중국 송나라의 여항 사람으로 평소에 게를 매우 즐겨 먹은 사람)은 지방에 나가 있으면서도 저를 생각했습니다. 필이부(畢吏部, 중국 진나라 때 이부상서를 지낸 필탁을 가리킴. 그가 게를 무척 즐겨 먹었다고 함)는 술과 내 집게발만 있으면 죽어도 괜찮다고 했지요. 내 모습은 당나라 한진공(韓晉公, 중국 당나라의 화공인 한황. 그는 인물화나 동물화에 능했는데 특히 방게의 그림을 매우 잘 그렸다고 함)의 그림에도 나옵니다. 지금 즐거운 놀이판을 만났으니, 내 다리를 휘저으며 춤을 추어 보겠습니다."

곽개사는 곧 그 앞에서 갑옷을 입고 창을 들고서 거품을 뿜으며 눈을 부릅뜬 채 사지를 흔들기 시작하였다. 재빠른 걸음으로 앞으로 나아갔다 뒤로 물러났다 하며 팔풍무(八風舞, 춤의 하나로 그 동작이 매우 음란하고 보기 흉하다고 함)를 추었다. 그의 동료 몇십 명이 고개를 숙여 돌며 엎드린 후 법도에 맞춰 춤을 추었다. 이때 곽개사는 노래 한 곡조를 불렀다.

> 강과 바다에 구멍을 파놓고 살며
> 그 기운을 토한다면 호랑이와도 겨룰 만하네.
> 이 몸이 구 척이라 임금님 앞에 조공을 바치고
> 그 종류는 열 가지라 이름을 다 말하지 못하겠네.
> 신룡의 기쁜 잔치에 참여하니
> 발을 구르면서 옆으로 걸어가네.
> 못 속에 깊이 잠겨 있다가
> 강나루의 등불에 깜짝 놀랐네.
> 은혜를 갚으려고 구슬 눈물 흘리는 것인가.
> 원수를 무찌르려고 날쌘 창을 뽑았던가.
> 깊은 물에 사는 덩치 큰 무리들아,
> 나에게 창자가 없다고 웃지 마오.
> 뱃속에 덕이 가득하고, 내장은 노란색이오.
> 아름다운 속살은 사지를 향해 뻗어
> 집게발도 오동통 향기가 어렸다네.
> 오늘밤은 또 어떤 밤인가.

요지(瑤池, 중국 곤륜산에 있는 연못으로, 주목왕이 서왕모를 만났다는 곳)의
잔치에 내가 왔네.

　신룡께서 위엄 있게 노래하시니

　손님들은 이미 취해 비틀거리네.

　황금으로 만든 전각 위, 흰 옥으로 만든 의자,

　큰 술잔 돌릴 때마다 음악소리 울려 퍼지네.

　군산(君山, 중국의 호수인 동정호 가운데 솟은 산 이름)에서 연주하던 삼관(三
管, 세 가지 피리. 여러 개의 가는 대나무를 붙여 만든 생황, 구멍이 일곱 개인 적,
구멍이 아홉 개인 필률 등을 가리킴) 소리

　신선 집 그릇마다에 신기한 술로 가득 찼네.

　산도깨비가 와서 춤을 추고

　물고기들도 몰려와서 뛰노는구나.

　산에는 개암이 있고, 습지에는 감초풀이 있구나.

　그리운 고운 님 생각이 절로 나네.

　곽개사가 왼쪽으로 돌다가 오른쪽으로 돌고 뒤로 물러갔다가 앞으로
내닫기도 하며 춤을 추니, 자리에 앉아 있던 사람 모두 그것을 보고 웃
음을 참지 못하였다.

현선생이 나와서 흥겹게 노래하다

　곽개사의 춤이 끝나자, 또 한 사람이 현선생(玄先生, 거북의 다른 이름. 거
북을 현부(玄夫)라고 부르는 것에서 '현(玄)'이라는 성을 빌려 썼음)이라고 자기 이
름을 밝히며 꼬리를 땅에 끌고 목을 늘여 뺀 채 눈을 부릅뜨고 나와서
말하였다.

"저는 톱풀[蓍草, 엉거시과에 속하는 다년초. 그 줄기는 점치는 데 사용됨] 그늘에 숨어 살고, 연잎 밑에서 노는 사람입니다. 낙수(洛水, 처마에서 떨어지는 물)에서 등에 글을 지고 나와 성스러운 하우(夏禹, 중국 하나라 우 임금으로, 홍수를 다스리니 낙수에서 신령스런 거북이 나왔다고 함)의 공로를 나타냈으며, 맑은 강에서 그물에 걸려 잡혔으나 송원군(宋元君, 중국 송나라 사람으로, 꿈을 꾼 후 신령스런 거북을 얻어 점을 실수없이 쳤다고 함)의 꾀를 성공시켰습니다. 비록 내 배를 갈라 사람을 이롭게 할 수는 있어도 등껍데기를 벗기는 것만은 견디기 어렵습니다.

옛날 노나라의 장공(臧公, 중국 노나라의 대부(大夫)인 장문중)은 제 등껍데기를 걸어 두고 기둥에는 산을 새겨 두고 들보 위에는 물풀 새겨 장식하여 보물로 간직하였습니다. 마름은 돌 같은 내장으로 검은 갑옷을 입었으니, 제 가슴은 힘센 장사의 기상을 뽐내고 있습니다. 노오(盧敖, 중국 진시황 때 거북의 등에 앉아 조개를 잡아먹었다는 사람)는 바다 위에서 내 등 뒤에 걸터앉았고, 모보(毛寶, 중국 진나라 사람으로, 기르던 거북을 놓아주었더니 나중에 그 거북이 생명을 구해 주었다고 함)는 저를 강물에 놓아주었습니다. 저는 살아서는 세상을 기쁘게 하는 보배가 되고 죽어서는 신령스러운 도리를 미리 알려주는 보물이 되었답니다. 그러니 이제 제가 마땅히 노래 한 곡조를 불러 천 년 동안 간직해 왔던 제 회포를 풀어 보겠습니다."

현선생은 그 자리에서 목을 움츠렸다 뽑았다 하더니 하늘거리는 기운을 토해 내기 시작하였는데, 그 길이가 백여 척이나 되었다가 어느 순간 다시 들이마시자 흔적도 없이 사라졌다. 잠시 후 그는 조용히 걸어나와서 구공무(九功舞, 중국 당나라 태종 때에 유행하던 세 가지 춤의 하나)를 추면서 앞으로 나왔다 뒤로 물러섰다 하더니, 노래도 한 곡조 불렀다.

산과 연못에 의지하여 나 홀로 살며

호흡만으로도 오랫동안 살아왔네.

천 년을 살면 오색 빛깔이 생기고

열 개의 꼬리를 흔들면 영험해져서 모르는 게 없다네.

내 비록 긴 꼬리를 진흙 속에 끌며 다니더라도

묘당(廟堂, 본래 조정(朝廷). 곧 임금이 나랏일을 맡아하는 곳을 뜻하지만, 이 부분에서는 신령스러운 거북을 간수하는 집을 가리킴) 간직되는 것을 나는 바라지 않네.

연단(練丹, 고대 중국에서, 도사가 불로불사의 묘약을 만들던 일이나 그 약. 또는 기를 단전(丹田)에 모아 심신을 수련하는 방법. 단전이란 배꼽 아래 약 3cm 되는 곳을 가리킴)을 하지 않아도 오래 살 수 있었고

도리를 배우지 않아도 신령한 힘이 생겼네.

천 년 만에 성스러운 임금을 만나

밝은 앞날의 징조를 나타내며

물고기들의 우두머리가 되어

삼역(三易, 중국의 세 가지 역으로, 하나라의 연산과 은나라의 귀장, 그리고 주나라의 주역(周易)을 가리킴. 역(易)은 변화하는 자연현상의 원리를 설명하는 것을 말함) 중에 연산(連山)과 귀장(歸藏)에 도움을 주었네.

문자와 숫자를 그려 등에 지고

길흉(吉凶)을 가르쳐 주려고 책을 만들었네.

지혜 많다 해도 위기와 곤란을 피할 수 없을 때도 있고

재능이 뛰어나다고 해도 못하는 일이 있네.

심장 오려내고 등껍데기 구워 점치는 일을 면하려고

물고기와 새우를 벗삼아 자취를 감추고 지냈네.

목을 빼고 발을 옮겨

귀한 집 잔치에 내가 왔노라.

신룡의 영험한 조화를 축하하고
선비의 훌륭한 글솜씨도 보았네.
술을 들이자 풍악이 일어
즐겁기도 끝이 없네.
타고(鼉鼓, 악어 가죽으로 된 북)를 치고 봉소(鳳簫, 겉에 봉황 조각이 새겨진 피리)를 부니
깊은 골짜기에 숨은 도롱뇽이 춤을 추네.
산과 연못의 도깨비들이 빠짐없이 다 모였고
여러 강의 신령들이 모여드네.
온교(溫嶠, 중국 진나라 사람으로, 우저기라는 곳의 물속에 귀신이 있다는 말을 듣고 물소의 뿔을 태워 물에 비추어 물속의 괴물들을 보았다고 함)가 물소 뿔을 태운 것같이
우 임금이 우정(禹鼎, 중국 하나라 우 임금이 구주의 쇠를 모아 만들었다는 솥. 우 임금이 그 표면에 귀신의 형상을 그려 백성들에게 알리니, 그 후 백성들이 강이나 숲에 들어갈 때에도 귀신들은 부끄러워하며 모습을 나타내지 못했다고 함)에 그린 물속 괴물들과 같이
뜰 앞에서 서로 춤추고 뛰놀았네.
손목 잡고 재미있게 웃어 즐겁기 그지없네.
해 저물고 바람이 불며
용이 하늘에 오르자 파도가 용솟음치는구나.
좋은 때를 항상 만날 수 없는 것,
마음을 가다듬어도 이 슬픔을 어쩔 수 없네.

　노래가 끝났는데도 현선생은 아쉬운 듯 황홀한 표정을 지으며, 발을 들어 춤을 추었다. 그 모양이 우스워 자리에 앉은 모든 사람들이 웃음을 참지 못하였다.

도깨비와 괴물들도 재주를 자랑하다

그 뒤를 이어 숲속의 도깨비와 산에 사는 괴물들이 일어나서 각기 그 재주를 자랑하기 시작하였다. 휘파람을 부는가 하면, 노래도 부르며 피리를 불기도 하고 글도 외웠는데, 그 춤추며 노는 모양은 서로 달랐지만, 모두 한 목소리로 노래를 불렀다.

신룡께서 깊은 물에 계신데
때때로 하늘 위에 오르셔서
천만 년 동안 그 복을 길이 누리소서.
귀한 손님 예의로 맞이하니
저 선비의 점잖은 모습은 신선 같네.
새로 지은 상량문을 노래하니
주옥 같은 문장, 옥구슬을 꿴 듯하네.
옥돌에 깊이 새겨
천 년 동안 길이길이 전하리라.
저 선비 돌아가려고 하니
이 잔치를 벌였구나.
채련곡(採蓮曲, 중국 강남지방에서 불리던, 남녀 간의 사랑을 다룬 노래)을 불러보세.
빙빙 돌며 나풀나풀 추는 신비로운 춤
둥둥 북소리
빠른 거문고소리와 어울려
노 저어라 한 소리에
고래처럼 술 마시네.
예의를 갖추었건만 서로 사양하니

그 즐거움이야 잘못이 있겠는가.

세 신들도 시를 읊다

노래가 끝나자 강의 신령인 세 손님이 줄지어 꿇어앉아 시 한 수씩을
지어 올렸다.
그 첫 번째로 조강신(祖江神)이 읊었다.

푸른 바다로 흐르는 물 쉬지를 않고
힘차게 출렁이는 물결에는 조각배가 떠 있네.
구름이 흩어지자 밝은 달이 물에 잠겨
밀물이 일려고 할 때 세찬 바람이 섬에 부네.
따가운 햇빛에 물고기들은 한가하고
잔잔한 물결 위에 오리 떼가 오며 가며 놀고 있네.
해마다 사나운 파도 속에 시달려 슬픈데
오늘 저녁 이 즐거움이 온갖 근심을 다 씻어주네.

두 번째 자리에 앉았던 낙하신(洛河神)이 시를 읊었다.

아롱아롱 오색 꽃은 그림자조차 가렸고
제기(祭器, 제삿상에 올리는 그릇)와 생황(笙簧, 악기 이름. 생은 여러 개의 가
는 대나무를 붙여 만든 악기이며, 황은 관악기의 하나)은 차례대로 늘어서 있네
운모(雲母, 돌비늘. 널빤지와 비늘 모양의 규산 광물. 화강암과 화성암 등에 많
이 들어 있음) 휘장 두른 곳에서 노랫소리 흘러나오고
수정발 드리운 곳에는 나풀나풀 춤을 추네
어찌 성스러운 신룡께서는 이곳만을 다스리실까

저 선비는 이 자리에서 귀한 보배라네
어찌하면 긴 끈을 얻어 지는 해를 잡아매어
화창한 봄 여러 날을 흠뻑 취해 놀 수 있을까.

셋째 벽란신(碧瀾神)은 이렇게 읊었다.

신룡께서 술에 취해 금의자에 기대어 계시네.
산에 부슬부슬 비가 내려 해는 이미 석양인데
고운 춤 나풀나풀 비단 소매 돌아가고
맑고 고운 노랫소리 들보에 새겨지네.
은빛 섬에 철썩거리며 외로움 달랜 지 몇 해일까.
오늘에야 기쁜 마음으로 옥잔 들고 즐기네.
흐르는 세월을 그 누가 알까.
예나 지금이나 세상일이 너무나 바쁘기만 하네.

신룡은 그들이 시를 차례대로 읊고 나서 바치자 그것을 모두 한생에게
건네주었다. 한생은 이 시들을 받아 꿇어앉아 세 번을 거듭해서 읽어 본
후, 그 자리에서 지금의 좋은 일을 찬양하는 20운(韻, 운자. 한시의 끝부분에
붙이는 글자)의 장편시(長篇詩) 한 수를 지었다.

천마산은 높고 높아
바위 타고 흐르는 폭포, 공중에서 쏟아지네.
물줄기 아래로 떨어져 골짜기를 뚫고
급히 흘러 큰 물을 이루네.
물속에는 달이 잠겼고
물밑에는 용궁이 자리했네.
변화의 신령스러운 자취 남아

솟구쳐 높이 올라 큰 공을 세웠네.
연기 피어올라 가느다란 안개를 만들고
기운이 화창하니 상쾌한 바람이 부네.
하늘이 내린 명령은 중요하고
우리나라에 내려준 벼슬자리 고귀하기도 하지.
구름 타고 아침에 하늘에 올라갔다가
저녁이면 푸른 망을 타고 비가 되어 내려오네.
황금 궁궐에 큰 잔치 열고
옥돌 계단 앞에서 풍악소리 울려 퍼지네.
찻잔 위에 공중으로 떠오르는 기운 떠오르고
이슬 연잎에 많이 맺혀 있네.
위엄 있는 행동이 정중하고 예의가 바르네.
옷과 갓이 찬란하고
허리에 찬 패옥 소리 쟁쟁하네.
물고기나 자라가 몰려와 축하하고
강의 신령들 또한 한 자리에 모여 있네.
신령스러움이 얼마나 황홀한가
크고 높은 덕성 더욱 깊어지네.
동산에서 북을 치니 꽃이 피고
술단지에 무지개가 취해 드리워져 있네.
선녀는 옥피리를 불고
서왕모(西王母, 중국 상고 시대의 선녀로, 곤륜산에 살았다고 함)는 거문고를
타네.
백 번 절하고 술을 올려 세 번 만세를 부르네.
연기가 스며든 듯한 하얀 과일,
쟁반 위에는 수정 같은 나물.
맛좋은 음식에 목구멍을 부드럽게 하고

그 깊은 은혜는 뼛속에 사무치네.

모두가 신선들이 먹는 것

신선이 산다는 영주산과 봉래산에 온 듯.

좋은 잔치 끝나면 어쩔 수 없이 헤어져야 하는 것,

이 자리의 풍류는 한바탕 꿈인가.

이 시를 듣고 자리에 앉은 사람들 모두 칭찬하였다. 신룡이 한생에게 감사의 뜻을 표하고 나서 말하였다.

"마땅히 이 시를 금석(金石)에 새겨 영원히 보배로 삼겠소."

한생이 용궁을 구경하다

한생이 절을 하며 신룡에게 청하였다.

"용궁의 좋은 일들은 잘 보았습니다만, 궁궐의 규모와 이곳의 웅장함이나 번화함을 한번 둘러보았으면 하는데, 괜찮겠습니까?"

"그렇게 하시오."

하고 신룡이 허락하자, 한생이 문밖에 나와 눈을 크게 뜨고 바라보니 알록달록한 구름이 주위에 둘러 있어 동서를 구분할 수 없었다. 신룡이 취운(吹雲, 구름을 입으로 분다는 뜻의 이름)이라는 사람에게 명하여 그 구름을 걷게 하였다. 그러자 취운이 궁궐 앞 뜰에 나와 입을 찌푸리고 공중을 향하여 한번 빨아들이니 하늘이 갑자기 밝아지며 산과 바위들은 간데없고 다만 평평한 넓은 세계가 바둑판처럼 몇십 리 펼쳐 있었다. 아름다운 온갖 꽃과 나무가 가지런히 자랐으며, 그 사이사이에는 금빛 모래가 깔려 있었다.

그 주위에는 금으로 된 담장이 둘러쳐 있고 담장 안 행랑과 뜰에는 모두 푸른 유리벽돌로 바닥을 깔았으니 빛과 그림자가 서로 비춰주고 있었다.

신룡이 두 사람에게 명하여 한생을 안내하여 구경할 수 있게 하였다. 그러다가 한 누각에 이르렀는데, 그 이름이 조원루(朝元樓)라 하였다. 이 누각은 파리(玻璃, 불교에서 말하는 일곱 가지 보배, 곧 칠보에 속하는 수정의 하나)로 만들었는데, 노란색, 푸른색의 구슬로 장식되어 있었다. 그 위에 올라가니 마치 공중에 오른 것 같았다. 모두 십 층이었는데 한생이 맨 위 층에까지 오르려 하자 한 안내자가 말하였다.

"여기서 멈추십시오. 신룡께서는 신기한 힘으로 오르실 수 있지만 저희도 아직 다 올라가 보지 못하였습니다."

이 누각의 맨 위층은 구름 위에 솟아 있어 보통 사람으로서는 도저히 오를 수 없는 곳이었다. 한생은 할 수 없이 칠 층까지만 올라갔다가 그만 내려왔다.

또다른 곳에 이르니, 능허각(凌虛閣)이라는 누각이었다.

한생이 물었다.

"이 누각은 무엇하는 곳입니까?"

안내자가 대답하였다.

"이곳은 신룡께서 옥황상제를 뵈러 갈 때 의식 절차에 쓰이는 물건들을 정리하고 옷과 갓을 갈아입는 곳입니다."

"의식 절차에 필요한 물건들을 보여 주실 수 있습니까?"

안내자를 따라 한생이 한 곳에 이르니, 둥근 거울과 같은 물건 하나가 빛을 번쩍거려 눈이 부셔서 똑바로 바라보기 어려웠다. 한생이 물었다.

"이것은 무엇이오?"

안내자가 대답하였다.

"전모(電母, 번개를 관리하는 신)의 거울입니다."

또 한쪽에는 북처럼 생긴 크고 작은 물건들이 있었는데, 한생이 한 번 쳐보려 하자 인도자가 말리며 말하였다.

"치지 마십시오. 만일 이 북을 한 번 치면 백 가지 물건이 진동하게 되니, 이것은 뇌공(雷公, 천둥을 관리하는 신)의 북입니다."

그곳에는 또 대장간에서 바람을 만들 때 사용하는 풀무와 같이 생긴 것이 있는데, 한생이 이것을 흔들어 보려 하자 안내자가 말하였다.

"이것은 바람을 불게 하는 목탁입니다. 이것을 한 번 흔들면 산의 바위가 무너지고 큰 나무가 뽑힙니다."

이번에는 빗자루와 비슷한 모양의 물건이 있었는데, 그 옆에는 물을 길어놓은 항아리가 있었다. 한생이 그것으로 물을 뿌려 보려고 하자, 안내자가 또 말리면서 말하였다.

"이것으로 물을 한 번 뿌리면 홍수가 일어나 온통 물나라가 될 것입니다."

그러자 한생이 물었다.

"그렇다면 어찌하여 여기에는 구름을 불어내는 기구가 놓여 있지 않습니까?"

안내자가 말하였다.

"구름이야 신룡님의 힘으로 하는 것이지, 어떤 물건의 움직임으로 만들어지는 것이 아닙니다."

"그러면 천둥, 번개, 비 등을 맡은 분은 어디 계십니까?"

하고 한생이 또 묻자 안내자가 대답하였다.

"옥황상제님께서 그들을 가두어 두고 함부로 놀 수 없게 하셨지요. 우리 신룡께서 나오실 때만 그들을 모이게 하셨습니다."

그밖의 물건들도 많았지만 무엇이 무엇인지 일일이 알 길이 없었다. 다만 길이가 긴 건물 하나가 몇 리나 뻗어 있었는데, 문에는 금룡 모양의 튼튼한 자물쇠가 채워져 있었다. 한생이 물었다.

"여기는 어떤 곳이오?"

안내자가 말하였다.

"저도 자세히는 모르지만, 이곳은 신룡께서 칠보(七寶)를 간직해 두신 곳이라고 합니다."

한생은 얼마 동안 두루 돌아보았지만 다 볼 수가 없어 안내자를 앞세우고 신룡이 기다리는 곳에 그만 돌아가려 하였다. 그러나 우람한 문들이 하도 많아 나갈 곳을 알 수가 없어 부득이 안내자에게 길 안내를 부탁하여 비로소 본래 있던 곳으로 되돌아와 신룡께 감사의 뜻을 표하였다.

"신룡님의 높으신 은혜를 입어 인간 세상에서 보지 못하던 좋은 곳을 두루 구경하였습니다."

한생은 두 번 절한 뒤에 작별 인사를 하였다. 이에 신룡이 산호로 만든 쟁반 위에 깨끗한 구슬 두 알과 빙초(氷綃, 얼음같이 하얗고 깨끗한 비단) 두 필을 담아서 노자에 보태어 쓰라고 준 뒤에 문밖까지 나와서 배웅하였다. 이때 그 세 손님도 함께 작별 인사를 하고 수레를 타고 곧바로 떠났다.

신룡은 다시 두 안내자를 시켜 산을 뚫고 물을 헤치는 물소의 뿔을 가지고 한생을 안내하게 하였다. 이때 안내자 한 사람이 한생에게 말하였다.

"선비는 제 등에 업혀 반 식경(食頃, 한 끼의 식사를 할 만한 시간)만 눈 감고 계십시오."

한생은 그의 말대로 할 수밖에 없었다. 또다른 안내자 한 사람이 물소의 뿔을 휘두르며 앞서 가는데 마치 몸이 공중으로 날아가는 것 같았다. 오직 바람소리와 물소리만 끊임없이 들려왔을 뿐이었다.

한생이 꿈을 깬 후 산에 들어가다

이윽고 그 소리가 그치자 한생이 눈을 떠보니, 자기 집 방 안에 혼자 누워 있었다.

한생이 놀라 문밖으로 나가 보니 하늘에는 별이 드문드문 보이고 동쪽 하늘이 밝아오고 있었다. 닭은 세 번 우는데 시각은 이미 오경(五更, 오전 3시부터 5시까지)이나 되어 있었다. 한생이 급히 자기 품속에 손을 넣어보니 신룡이 준 구슬과 빙초가 들어 있었다. 한생은 이것을 대나무 상자 속에 깊이 간직하여 보물로 삼고 남에게는 보여 주지 않았다.

그 후 한생은 세상에 이름이 알려지는 데에 마음을 두지 않고 명산(明山)으로 들어갔는데, 그가 어떻게 되었는지는 아는 사람이 없었다.

이야기 따라잡기

고려 때 개성에 사는 한생(韓生)이 글을 잘하기로 유명하여, 조정에서도 그를 칭찬하고 문사(文士)라고 부른다. 어느 날 표연(瓢淵)에 살고 있는 신룡 즉, 신령스러운 용왕이 사신을 보내어 초대하자 한생이 응낙하고 용궁으로 들어간다.

푸른 옷을 입은 동자(童子)의 안내를 받아 함인지문(含仁之門)을 지나 수정궁을 들어간 한생은 때마침 초대되어 온 조강신(祖江神), 낙하신(洛河神), 벽란신(碧瀾神)이라는 세 신왕(神王)을 만나게 된다. 신룡은 자신의 딸이 혼인하여 쓸 별궁을 가회각(佳會閣)이란 이름으로 새로 세우는데, 거기에 필요한 상량문을 지어 달라고 부탁하기 위해 초대하였다고 한다. 한생은 쾌히 상량문을 지어 신룡에게 바친다.

신룡은 상량문을 찬양하고 기뻐하며 윤필연(잔치)을 벌여 한생을 대접한다. 먼저 미녀 10여 명이 나와 벽담곡(碧潭曲)을 부르고, 젊은이들 10여 명이 나와 회풍곡을 부르니, 신룡도 옥피리를 들고 수룡음을 연주한다.

또 곽개사가 나와 팔풍무를 추며 노래를 부르고, 현선생이 나와 구공무를 추며 노래 부른다. 숲 속의 도깨비와 산속에 사는 괴물들도 나와 휘파람을 불며 노래를 부른다. 이어서 삼신이 각각 시를 지어 부르자, 한생도 답례로 시를 지어 올린다.

윤필연이 끝나자 한생은 신룡에게 청하여 용궁 안을 둘러보게 된다. 능허각이라는 높은 누각에 올라가 거기에 있는 여러 가지 의식에 쓰이는 물건들을 차례로 구경한다. 하늘에 번개를 치게 하는 유난히 빛이 나는 크고 작은 거울들, 세상 만물들을 뒤흔들어 놓는 우레를 울리는 신기한 북, 바람을 일으키는 목탁, 땅에 비를 뿌리는 수많은 항아리들과 빗자루 등이 끝없이 줄을 지어 놓여 있다. 그런데 밝은 하늘을 흐리게 하는 검은 구름을 쓸어버리는 기구만은 보이지 않는다. 이를 한탄하며 한생은 신룡이 주는 옥구슬 두 알과 빙초 두 필을 받아 가지고 집으로 돌아온다.

눈을 떠 보니 자기 집 방 안에 혼자 앉아 있지만 용궁에서 받은 선물이 그대로 있었다. 그 후 그는 재능을 발휘할 기회조차 주지 않는 현실 세계에서 이름을 날리는 데에 뜻을 두지 않고, 명산에 들어가 자취를 감추었다고 한다.

쉽게 읽고 이해하기

「용궁부연록」의 소설적 특징은?

이 작품의 제목에서 '용궁부연'은 용궁의 잔치에 갔다는 뜻을 지니고 있다. 여선문(余善文)이라는 선비가 용궁 광리왕(廣利王)의 초청을 받고 그 별궁인 영덕전(靈德殿)의 상량문을 지었다는 『전등신화(剪燈神話)』의 「수궁경회록(水宮慶會錄)」과 내용이 매우 비슷하다. 그러나 『금오신화』의 네 작품들과는 달리 작품 전반에 드러나는 풍류가 남달리 생생하게 묘사되어 있다. 연회에 참석한 사람들이 부르는 노래는 흥겹고 유쾌하며, 초대된 손님들의 시와 노래는 보편적인 정서와 귀족적인 멋을 담아내고 있다. 또한 시와 노래 곳곳에서 등장하는 옛이야기를 인용한 비유는 김시습의 박식함을 잘 보여 준다.

김시습은 어릴 때에 탁월한 글재주를 인정받아 조정에 초대되어 가서 세종대왕으로부터 칭찬을 받은 일이 있다. 이야기의 내용은 김시습이 세종대왕의 부름을 받고 재주를 시험받은 것을 빗대어 서술한 것이고,

한생이 꿈속에서 얻은 신물은 세종대왕이 상으로 준 비단을 빗댄 것 같다. 그래서 「용궁부연록」은 작가의 전기적 사실과 밀접한 관련을 지닌 것으로 해석되는 반면, 『금오신화』에 실린 다른 작품들보다 문제의식은 그리 깊지 않은 작품으로 평가되기도 한다.

「용궁부연록」은 몽유소설인가?

꿈속에서 한생이 신룡의 초대를 받고 용궁에 가서 겪은 일을 주된 내용으로 하고 있어서 몽유소설로 볼 수 있다.

주인공은 꿈을 통하여 자신이 지닌 지적인 능력을 발휘해 보이고 극진한 대접을 받는다. 그러나 꿈에서 깬 뒤에는 이 세상의 명예와 이익을 구하지 않고 명산으로 들어가 자취를 감추는 것으로 마무리된다. 이로써 작품은 비극적 성격을 드러내면서 현실과 이상의 대립을 하나의 문제로 삼고 있음을 보여 준다. 자신은 지적인 능력을 마음껏 발휘하고자 하나 세상이 자신을 받아들여주지 않는 데에서 오는 작가의 불만을 나타낸 작품이라고 볼 수 있다.

몽유록의 형식을 빌렸지만 몽중인지 현실의 세계인지 구별하기 곤란하며, 철저하게 의인화하여 표현하고 있는 점이 특이하다. 주인공 한생은 작가 자신이고 용궁은 왕궁을, 신룡은 세종을, 용녀는 세자를 의인화하여 그리고 있는 것으로 보인다. 또한 게를 '곽개사'로, 거북을 '현선생'이라 의인화하고 그들의 움직임을 해학적으로 묘사해 놓은 솜씨가 뛰어나다고 할 수 있다.

「용궁부연록」과 「남염부주지」를 비교해 보면?

두 작품 모두 몽유소설의 구조를 갖춘 소설이다. 「남염부주지」는 뛰어
난 학식을 가지고서도 벼슬을 하지 못한 주인공이 꿈에 남염부주라는
별다른 세계에 이르러 염왕과 사상과 관련된 대화를 나누면서 자신의
지식이 갖는 타당성을 재확인하게 된다는 내용으로, 몽유구조나 주인공
의 성격, 결말처리 등이 「용궁부연록」과 거의 비슷하다.

꿈속의 배경이 남염부주와 용궁인 점이 다르긴 하지만, 두 곳 모두 초
현실적인 이상의 세계라는 점에서는 동일한 성격을 갖는 장소이다. 그
러나 용궁의 세계는 작가가 바라는 현실일 수도 있다. 즉 한생이 결말에
서 한 행위는 표면으로는 현실을 거부하면서 오히려 현실을 지향하는
작가 정신의 역설적 표현일 수도 있다.

그런데 「남염부주지」에서는 박생과 염라왕 사이에 벌어진 길고 다양
한 이야기들을 통해 작가의 깊고 폭넓은 사상이 밀도 있게 표현된 것에
비해, 「용궁부연록」에서는 꿈속의 일이 비교적 흥미 위주로 가볍게 처
리되어 심각한 문제의식을 내포하고 있지 않다는 점이 다르다.

김시습

작가 알아보기

김시습(金時習 : 1435~1493)은 누구인가?

김시습은 조선 초기의 학자이자 문인이며, 생육신(生六臣)의 한 사람이다. 본관이 강릉(江陵)이고 자는 열경(悅卿), 호는 매월당(梅月堂)·동봉(東峰)·청한자(淸寒子)·벽산(碧山). 법호 설잠(雪岑) 등이며, 시호는 청간(淸簡)이다.

그는 1435년에 서울 성균관 부근에 있던 사저(私邸)에서 충순위를 지낸 이일성의 아들로 태어났다. 1438년(3세)에는 보리를 맷돌에 가는 것을 보고 "비는 아니 오는데 천둥소리 어디서 나는가, 누른 구름 조각조각 사방으로 흩어지네[無雨雷聲何處動 黃雲片片四方分]"라는 시를 읊고 1439년(5세)에는 『중용』과 『대학』에 능하였을 만큼, 어려서부터 신동·신재(神才)로 이름이 높았다.

1449년(15세)에 어머니를 여의고 외가에 몸을 의탁하였다. 그러나 3년이 채 못 되어 외숙모마저 세상을 떠나자 다시 서울로 올라왔으나,

아버지마저 중병을 앓고 있었다. 집안이 어려운 가운데 훈련원 도정(都正) 남효례(南孝禮)의 딸을 아내로 맞이하였으나 그의 앞길은 순탄하지 못하였다.

1455년(21세)에는 삼각산 중흥사(重興寺)에서 공부를 하던 중 수양대군의 왕위찬탈 소식을 듣고 3일 동안 통곡하다가 머리를 깎고 중이 되어 이름을 설잠이라 하고 전국을 떠돌아다녔다. 그 후 1460년(26세)에는 북으로 안시향령(安市香嶺), 동으로 금강산과 오대산, 남으로 다도해(多島海)에 이르기까지 9년간을 방랑하면서 이 여행의 견문과 정회를 담은 기행시집인 『매월당시사유록(梅月堂詩四遊錄)』을 지었다.

1463년(29세)에는 효령대군(孝寧大君)의 권유로 잠시 세조의 『불경언해(佛經諺解)』 사업을 도와 내불당(內佛堂)에서 교정 일을 보았으나, 1465년(31세)에 다시 경주 남산(일명 금오산)에 금오산실(金鰲山室)을 짓고 정착해 살았다.

1467년(33세)이 되어 다시 효령대군의 부탁으로 잠깐 원각사(圓覺寺) 낙성회에 참가한 일이 있으나, 여러 차례 세조의 명(命)을 받고도 거절하였다. 이 무렵 금오산실에서 한국 최초의 소설인 『금오신화(金鰲新話)』를 지었다.

1482년(47세)에 다시 세상으로 돌아와 안씨(安氏)를 아내로 맞이하였으나 폐비 윤씨 사건이 일어나자 다시 관동지방 등으로 방랑의 길을 나섰다.

1483년(48세)이 되어, 그가 서울에 오자 주변에서 벼슬하기를 권하였다. 그러나 정치현실이 근본적으로 옳은 방향을 취하고 있지 않다며 현실참여를 완강히 거부한 채, 실의와 좌절감에 사로잡혀 기이한 행동을 저지르며 지낸 그는 그 후 다시 현실에서 벗어나 소양호 주변의 청평사, 설악산, 강릉지방 등을 떠돌아 다니다가 1484년(49세)에 충청도 홍성 무량사(無量寺, 현 충남 부여군 외산면)로 가서 세상을 떠났다. 이 무량사에는 그의 부도(浮圖)가 남아 있다.

그 후 1782년에 정조가 그의 풍모를 기려 이조판서 벼슬과 청간공(清簡公)이란 시호를 내렸으며 1999년 문화관광부에서는 매월당 김시습을 9월의 문화인물로 선정하여 그의 생애와 문학을 기리는 행사를 하였다.

그의 저서로는 『매월당시사유록(梅月堂詩四遊錄)』, 『금오신화(金鰲神話)』, 『산거백영(山居百詠)』, 『산거백영 후지』, 『십현담요해(十玄談要解)』, 『묘법연화경별찬(妙法蓮華經別讚)』 등이 있다.

김시습은 시대와 불화했던 체제 밖의 지식인이었다. 그의 고결한 인품, 굳센 지조는 후세에 길이 존경을 받았다. 그래서 선조는 특별히 율곡 이이(李珥)에게 그의 전기를 짓도록 하는 한편, 『매월당집』을 발간하도록 명하기도 하였다. 그는 작은 키에 뚱뚱한 편이었으며, 성격이 괴팍하고 날카로워 세상 사람들에게는 제대로 인정을 받지 못하였다. 그러나 배운 바를 실천으로 옮긴 지성인이었으므로, 이이는 그를 '백세의 스승'이라고 칭찬하였다.

그는 유교와 불교에 걸치는 학자로서 사상서 저술은 『매월당집』의 문고(文稿)에 수록되어 있으며 불교관계 저술로는 『십현담요해』, 『묘법연화경별찬』이 전하고 있다.

그는 우주 만물의 본질과 현상에 대해 체계적으로 설명하려고 한 최초의 철학자라고 할 수 있다. 만물의 존재를 해명하는 논리로 기(氣)를 주장하여 서경덕에서 최한기로 이어지는 우리나라 기철학을 열어 놓았다. 그의 기철학은 사회사상으로 전개되었는데, '생생(生生)'이라는 개념을 핵심으로 하여, 생물을 함부로 해치지 말고 보호해야 한다는 '애물(愛物)'을 주장하였다. 그리고 '애물'을 '민생(民生)' 개념과 관련지어 일반 백성들의 안정된 삶을 위한 애민·인정의 정치학으로 발전시켰다. 이것은 유교적 민본(民本)의 이념에 입각한 이론으로 민주주의 사상의 싹을 엿볼 수 있게 한다.

그는 기본 사상을 유교에 두고 아울러 불교적 사색을 병행하였다. 도교(道敎)의 교리를 좋아하여 직접 익히고자 노력하였고, 이것을 유교적으로 해석하기도 하였다. 이 때문에 후대에 성리학의 대가로 알려진 이황(李滉)으로부터 비판을 받기도 하였다.

그때에는 불교 자체를 엄격히 이단시하였으므로, 김시습과 같은 자유분방한 학문 추구는 기대하기 어려웠다. 그의 사상에 대한 정밀한 검토와 분석이 아직 우리 학계에서는 만족할 만큼 이루어지지 못했다.

이러한 그의 정치적 이상과 정치현실 사이에는 거리가 없을 수 없었다. 그래서 세상과 자기 자신 사이의 모순, 시대와의 불화를 피할 수 없어 스스로 현실에서 벗어나, 고독과 고뇌를 견디며 세상과 타협하지 않고 살아간 것이다.

그의 한시 작품은 모두 15권 분량에 이르고 있다. 시세계는 자연과 인간 만사로부터 천재의 자유분방한 상상력에 이르기까지 담아내지 않은 것이 없다고 할 정도로 방대하고 풍부하다. 그 예로 전국 강산의 아름다운 경치를 빼어나게 그려낸 작품들을 들 수 있다. 이것은 그가 생애의 대부분을 전국을 유랑하는 데 썼다는 사실과 직접 연결된다. 그의 시는 미술사에서 18세기에 일어난 진경산수(眞景山水)의 미학을 선구적으로 이루어 놓은 것으로 평가할 수 있다. 다른 예로 백성의 먹고 사는 어려움과 사회현실의 모순을 심각하게 고발하고 날카롭게 그려낸 작품들을 들 수 있다. 그 사회사상의 시적 표현이라고 하겠거니와 여기서 현실주의 문학의 빼어난 성과를 만나게 된다.

『금오신화』는 신라 말, 고려 초에 발생했던 전기소설(傳奇小說)을 계승·발전시킨 형태로 5편의 단편소설이 현재 전해지고 있다. 특히 작가의 심오한 인간정신, 고도의 상상력이 어우러져서 각기 개성적이고 예술성이 높은 작품으로 완성된 것이다.

오늘은 내 일생 중에서 가장 중요한 날이며
다른 모든 날을 결정해 주는 날이다.

— 미셸 몽테뉴(프랑스의 사상가, 1533~1592)